HEN BETHAU ANGHOFIEDIG

HEN BETHAU ANGHOFIEDIG

MIHANGEL MORGAN

yLolfa

Carwn ddiolch i Kim James-Williams am lun y clawr
ac i Sion Ilar am ei ddylunio.

Carwn ddiolch yn arbennig i Meleri Wyn James am lywio llawysgrif
anghyffredin o ddyrys drwy'r wasg a gwneud hynny gyda'i
gofal manwl-gywir a'i rhadlonrwydd arferol.

Argraffiad cyntaf: 2017
© Hawlfraint Mihangel Morgan a'r Lolfa Cyf., 2017

Cynllun y clawr: Sion Ilar
Llun y clawr: Kim James-Williams

Rhif Llyfr Rhyngwladol: 978 1 78461 506 2

Dymuna'r cyhoeddwyr gydnabod cymorth ariannol
Cyngor Llyfrau Cymru

Cyhoeddwyd ac argraffwyd yng Nghymru
ar bapur o goedwigoedd cynaliadwy gan
Y Lolfa Cyf., Talybont, Ceredigion SY24 5HE
e-bost ylolfa@ylolfa.com
gwefan www.ylolfa.com
ffôn 01970 832 304
ffacs 01970 832 782

Rwy wedi golygu a diwygio wrth ailadrodd y stori ryfedd hon a gefais gan Merfyn Taylor y diwrnod hwnnw. Ac ers y siwrne drên honno bûm yn ddigon ffodus i gael gafael ar atgofion anghyhoeddedig Mona Moffat ei hun trwy law Dr Gwenan Wyn Hopcyn, copi a wnaed cyn iddi drosglwyddo'r gwreiddiol i'r Llyfrgell Genedlaethol yn Aberystwyth. Mawr ddiolch iddi am y gymwynas garedig hon. Yma rwy'n cyflwyno'r dyfyniadau yn eu crynswyth am y tro cyntaf, ac o ystyried eu cynnwys rwy'n falch iawn o allu gwneud hynny.

Doedd dim modd camgymryd Merfyn Taylor am neb arall er na welswn ef ers pan oedd yn un ar bymtheg oed, dros ddeugain mlynedd yn ôl. Oedd, roedd e mor denau â bwgan brain ac roedd ei wallt yn frith ac yn brinnach o lawer, ond yr un un oedd e o hyd, yr un wyneb anghymesur, tenau ar y chwith a thew ar y dde.

A hithau'n tynnu am y Nadolig, aros yng ngorsaf Crewe am drên i Aberdyddgu oeddwn i.

'Merfyn!' meddwn i. Edrychodd arna i'n syn a bu cymylau'r blynyddoedd beth amser yn clirio, ac yna, yn sydyn, pelydryn o adnabyddiaeth. Oedd, roedd e'n fy nghofio.

'Wel! Wel,' a dyma ni'n ysgwyd dwylo, braidd yn ffurfiol efallai i hen ffrindiau ysgol, ond dieithriaid oedden ni i bob pwrpas. Llanciau oedden ni yn ein hatgofion ond dynion canol oed nawr oedd yn cwrdd am y tro cyntaf, fel petai. A'r peth cyntaf a wnaeth oedd ymddiheuro, 'Mae Cwmrêg fi'n rhacs, w,' meddai gyda pheth cywilydd. Roedd e'n dweud y gwir. Chwarae teg iddo, fe adawodd yr ysgol heb yr un lefel O ac aeth i Lundain i wneud ei ffortiwn a'i enw. Gan fod ei fam yn byw gyferbyn â'm mam innau yn yr un stryd yn Nhregolew byddwn i'n cael peth o'i hanes o bryd i'w gilydd, yn ail neu'n drydedd law. Fel arall mae'n debyg y byddwn wedi colli pob cysylltiad ag ef a heb wybod dim amdano. Ond diolch i adroddiadau achlysurol a phytiog Mam gwyddwn am ei flynyddoedd o grwydro o jobyn i jobyn nes iddo ganfod ei droedle fel cynllunydd tai. Do, fe wnaeth rywbeth tebyg i ffortiwn a rhyw fath o enw iddo'i hunan yn ei faes, yn ôl ei fam, a oedd bob amser yn barod iawn i ymffrostio i 'Merfyn ni' fod yn gweithio yng nghartref rhywun oedd yn darllen y tywydd, neu rywun arall a oedd wedi actio mewn rhyw gomedi ar y teledu. Doedd e ddim wedi cyrraedd brig ei arbenigedd ond roedd e'n gwneud yn eithaf da, diolch yn fawr – dyna gasgliad Mam, o leiaf, ac fe gadarnhawyd hynny i mi y diwrnod hwnnw gan ei ddillad costus. Gwyddwn hefyd iddo fod yn briod a dod yn dad i efeilliaid a chael ysgariad a phriodi eto a chael plentyn arall ac iddo gael ysgariad arall ac wedyn iddo 'droi yn hoyw a mynd i fyw gyda dyn arall', i aralleirio Mam – dwn i ddim sut y cyflewyd hyn gan ei fam ef i'm mam i – a dyna lle roedd fy ngwybodaeth yn dod i ben. Bu farw'n mamau ni'n dau yr un flwyddyn, fel mae'n digwydd, ac wedi hynny aeth ffynhonnell fy newyddion amdano yn hesb. Roedd gyda fi dipyn o ddiddordeb yn ei fywyd ef ond doedd gyda fe ddim iot o ddiddordeb yn fy mywyd i; fel sy'n nodweddiadol o lawer o ddynion uchelgeisiol a llwyddiannus. Ei brif destun sgwrs oedd ef ei hun.

Synnu wnes i ei fod e'n aros am yr un trên â finnau.

'Ond wi ddim yn byw yn Aberdyddgu,' meddai, 'etifeddu hen glamp o dŷ wnes i yng Nghwmhwsmon, pentre bach tua deuddeng milltir o Aberdyddgu.'

Doedd dim rhaid iddo ddweud wrtha i ble oedd Cwmhwsmon a finnau wedi byw yng nghyffiniau Aberdyddgu ers i mi raddio.

'Lle bach ofnadw o ddiarffordd,' meddwn i. 'Ti'n bwriadu cadw lle mor bell o Lundain, ac o Dregolew o ran 'ny?'

'Sdim cysylltiad â Tregolew 'da fi, nawr,' meddai, 'ddim ers i mi gladdu Mam. A phan ddaeth y tŷ 'ma i mi drwy ewyllys Anti Mona roedd i'w weld fel cyfle gwych. Cyfle i mi ailafael yn 'y ngwreiddiau ac yn y blaen. Lle bach tawel i ddod am dipyn o seibiant o'r hen ddinas fawr. Lle i'w adnewyddu ac inni arfer ein talentau,' meddai.

Wrth i'r trên gyrraedd fe gymylodd ei wyneb.

'Ond, aeth popeth yn ein herbyn ni yn y diwedd.'

Ar ôl inni fynd i mewn i'r trên a storio'n bagiau ar y silff uwchben, dyma ni'n eistedd gyferbyn â'n gilydd; Merfyn yn wynebu'r ffordd roedd y trên yn mynd a finnau'r ochr arall, y bwrdd rhyngom ni, gyferbyn ag ef, yn mynd wysg fy nghefn, fel petai. Pan gychwynnodd y trên o oleuadau'r orsaf roedd y nos o bobtu inni fel bol buwch ac erbyn hyn hyrddiai'r glaw ar letraws yn erbyn y ffenestri. Allwn i ddim gweld dim drwy'r gwydr ond düwch fel pydew. Prin oedd y teithwyr eraill ac wrth edrych mas dyna i gyd y gallen weld oedd ein hadlewyrchiad ni'n hunain ar y chwith ac ar y dde yn erbyn cefndir o inc du.

Wedi inni setlo aeth Merfyn ymlaen i ymhelaethu –

Prin 'mod i'n cofio Anti Mona. Hen fodryb oedd hi, chwaer Mam-gu. Mae 'da fi ryw frith gof ohonom ni'n mynd i'w gweld hi yn y tŷ mawr 'na yng Nghwmhwsmon. Cymerai'r daith o'n cartref ni yn Nhregolew oriau ac oriau i'n meddwl plentyn i, fel y teimlai Cwmhwsmon fel pen draw'r byd.

Roedd y lle yn orlawn o hen drugareddau bach, digon diddorol. Ond wiw i mi gyffwrdd â dim. Roedd ei golwg hi yn ddigon i ddychryn crwtyn bach. Golwg hen wrach. Sgerbwd byw oedd hi â llygaid glas dyfrllyd a dreiddiai i'ch meddyliau cyfrinachol ar un edrychiad. Doedd dim rhaid iddi ddweud gair. Ond rhaid bod yr hen le wedi gwneud rhyw argraff arna i yn f'isymwybod oherwydd wrth edrych 'nôl dros 'y ngwaith rwy'n gweld elfen o naws yr hen gartref 'na ym mhob stafell rwy wedi'i chynllunio. Yn union fel petawn i wedi bod yn treio cofio'r awyrgylch cynnes, nythlyd. Mae delwedd stafell fyw Anti Mona wedi bod fel palimpsest yn fy meddwl hyd f'oes.

Dwi'n ei chofio hi'n eistedd yn gefnsyth ar gadair bren galed yn y canol yn rheoli popeth drwy'r sbectol fach ar ei thrwyn. Llygaid aderyn yn dilyn pob un o'n symudiadau, yn ymwybodol o bob gwrthrych. Roedd ei thrwyn yn hir a phigog a'i chorff yn ofnadw o denau ac roedd hi'n fenyw eithriadol o dal. Roedd ei gwallt yn frith, lliw dur, ac wedi'i dynnu'n ôl yn llym i belen gron berffaith o gocyn ar ei phen ac roedd ei dillad yn hynod o hen ffasiwn ac yn ddu i gyd. Creadures o'r bedwaredd ganrif ar bymtheg oedd hi. Ac roedd rhywbeth amdani wedi'i rewi, wedi'i ffosileiddio, fel petai. Doedd dim amheuaeth 'da fi taw dewines go iawn oedd hi ac y gallasai hi fod wedi peri i'r celfi dddawnsio a'i chath siarad neu fy nhroi i'n froga pe dymunasai.

Fe ddeuai cerdyn Nadolig bob blwyddyn gyda phapur deg swllt nes imi gyrraedd 'yn arddegau a phan newidiwyd yr arian stopiodd y sylltau, a byddai Mam yn hala un ati hi ac yn gweud wrtha i ar y ffôn o bryd i'w gilydd, 'Mae Anti Mona yn cofio atat,' a finnau'n gorfod meddwl am bwy oedd hi'n sôn. Yna bu farw Mam a heb yn wybod i mi fe lusgodd fy modryb ymlaen ar ei phen ei hun yn yr hen glorwth o dŷ 'na am flynyddau nes iddi gyrraedd oedran menyw hysbys.

Torrwyd ar ei draws gan y dyn tocynnau. Creadur hynod o biwis a hunanbwysig oedd hwn a ymddangosai fel petai holl gyfrifoldeb y byd ar ei ysgwyddau. Crychodd ei dalcen wrth archwilio'n tocynnau â chymysgedd o ddirmyg a drwgdybiaeth o dan ei aeliau tywyll bygythiol. Fe lwyddodd i gyflawni'i ddyletswydd heb yngan gair ac aeth i ffwrdd gan ddiflannu i berfeddion y trên. Aeth Merfyn yn syth yn ei flaen –

I dorri'r stori'n fyr, dair blynedd yn ôl cawson ni'r llythyr 'ma oddi wrth gyfreithiwr yn Aberdyddgu, (efallai dy fod ti'n nabod y cwmni, Jones, Popkins a Prys?) yn dweud bod fy hen fodryb wedi marw a'i bod hi wedi gadael rhywbeth i mi yn ei hewyllys. Peth cwbl annisgwyl. Wel aeth Harri a finnau – Harri fy mhartner – yr holl ffordd i Aberdyddgu a bwcio stafell mewn gwesty ar lan y môr, er mwyn cael manylion yr ewyllys.

Yn ôl y cyfreithiwr 'ma, fe gafwyd hyd i gorff Anti Mona gan ffrind iddi a oedd yn arfer galw i'w gweld hi'n rheolaidd. Dr Gwenan Wyn Hopcyn oedd ei henw. Y fenyw hon – a oedd yn byw yng Nghwmhwsmon a drefnodd angladd Anti Mona. Gwedais i wrth y cyfreithiwr y byddwn i a Harri yn cysylltu â hi yn syth i weld a allen ni ei digolledu, wath roedden ni'n ddiolchgar iawn iddi yn naturiol. Cawsai'r cyfreithiwr beth trafferth i gysylltu â ni neu fel arall bydden ni wedi bod yn ddigon parod i ysgwyddo'r cyfrifoldeb o drefnu'r angladd.

Wel, roedden ni'n gegrwth, yn gwbl syn i glywed bod gan yr hen fenyw 'ma, prin 'mod i'n gwbod am ei bodolaeth hi a bod yn hollol onest, gymaint o feddwl ohona i fel ei bod wedi gadael tŷ mawr ysblennydd i mi. Saith llofft! Gardd enfawr dros ddwy erw a hanner o amgylch y tŷ. A'i enw – y Lluest Ucha.

'Pam nag wyt ti wedi sôn am y fodryb 'ma?' oedd Harri eisiau gwbod.

Dylwn ddweud yma fod Merfyn, wrth adrodd ei stori, wedi dyfynnu Harri'i bartner yn Saesneg, gair am air, bob tro roedd ganddo fe rywbeth i'w ddweud neu ran i'w chwarae yn y stori. Ond yn union fel fy mod i wedi gwella Cymraeg Merfyn rwy wedi cymryd y cyfrifoldeb o drosi geiriau Harri a'r cymeriadau di-Gymraeg eraill sy'n rhan o'r ddrama hon. A gweud y gwir deuai'r Saesneg yn rhwyddach na'r Gymraeg i Merfyn a theimlwn weithiau ei fod e'n defnyddio'i bartner fel esgus i droi at y Saesneg yn hytrach na gorfod ymbalfalu am ymadroddion a geiriau anghofiedig yn iaith ei fam a aethai'n iaith ddieithr iddo.

'Pam nag wyt ti erioed wedi sôn am yr hen fodryb garedig 'ma o'r blaen?' gofynnodd Harri. Wel, roeddwn i'n gorfod cyfaddef fy mod i wedi anghofio bron popeth amdani. Yn wir, roeddwn i dan yr argraff ei bod hi wedi marw flynyddau'n ôl a hithau'n hŷn o lawer na Mam. Fe gafodd Harri'r fraint o gwrdd â Mam unwaith a daeth ef i'w hangladd hithau rai blynyddoedd yn ôl.

Ta beth, pan ddaethon ni mas o'r swyddfa 'na fe wnaethon ni ddawns fach wirion ar y stryd yn Aberdyddgu. Wrth lwc roedd hi wedi dechrau tywyllu, a hithau'n fis Tachwedd a dim llawer o bobl i'n gweld ni.

Er bod rhaid profi'r ewyllys, wrth gwrs, fe gaethon ni'r

allweddi i'r tŷ i gael cipolwg arno – prin y gallen ni aros. Bant â ni drannoeth i chwilio amdano. Lwcus bod *four by four* 'da ni a sat nav! Doedd dim amcan yn y byd 'da fi sut i ffeindio Cwmhwsmon wath taw dim ond crwtyn bach oeddwn i pan aethon ni i alw ar Anti Mona, yr unig dro yna. Ar y ffordd drwy'r lonydd cul a throellog, yn gwmws fel plentyn bach, dyma Harri'n gofyn dro ar ôl tro, 'Pa mor bell yw e nawr? Ydyn ni yno 'to?'

Pan gyrhaeddon ni Gwmhwsmon yn y diwedd fe gaethon ni dipyn o sioc. Mae 'na bentre 'byw' fel petai, ac yna, ar ei gyrion mae 'na bentre arall, pentre 'marw'. Hynny yw, adfeilion bythynnod bach a murddunnod ambell ddyddyn. Ar lethrau'r bryniau sy'n amgylchynu'r anheddau fe allwch chi weld gweddillion y mwynglawdd plwm a aeth i'r wal ganol y ganrif ddiwethaf, a dyna pam y gadwyd y tai 'na yn wag.

Ochr draw i'r pentre marw, prin yw'r tai, ond aethon ni lan y llwybr serth caregog 'ma, yr hen sat nav wedi rhoi'r gorau i gyfarth ei gyfarwyddiadau, ac yna, yn uchel ar ochr y twyn oedd y Lluest Ucha.

'Argraffiadau cynta?' gofynnais i Harri.

'Ow! Mei! Gawd!' meddai. (Doedd dim modd na dim angen cyfieithu hynny.)

Unwaith eto fe ddaeth rhywbeth i dorri ar draws adroddiad Merfyn. Y tro hwn roedd hi ar ffurf merch lwydaidd a diolwg gyda'r troli, yn gwerthu byrbrydau a choffi a detholiad o fwydydd annymunol yr olwg. Archebodd Merfyn goffi a phecyn o greision, bisgedi a brechdan ham a ches i de heb laeth. Wrth i Merfyn gymhŵedd a thynnu coes gyda'r ferch (cymdeithaswr naturiol fu ef erioed, a diau taw'r reddf hon oedd wrth wraidd ei lwyddiant yn ei faes) aeth nifer o gwestiynau drwy fy mhen – pam oedd Merfyn yn teithio ar y trên nawr a ddim yn gyrru'i *four by four*? Ble oedd Harri? Beth yn y byd fyddai Merfyn a Harri yn ei wneud gyda chlamp o dŷ yng nghefn gwlad Cymru a hwythau'n byw yn Llundain? Yn y man fe ges i ateb i bob un o'r ymholiadau hyn.

Wel, i dorri'r stori'n fyr, meddai Merfyn eto, gan ymosod ar y *carton* bach plastig a gwneud cawlach o'r dasg seml o arllwys yr hylif gwyn (llaeth yn ôl y label) i'r ddiod boeth ddu (coffi yn ôl y ferch gyda'r troli), fe aethon ni i mewn i'r tŷ mawr tywyll. Wel, roedd y lle yn ddigon o ryfeddod. Prin bod dim wedi newid ers y dauddegau, gwedwn i. Paneli pren ar y waliau, hen gelfi, hen garpedi ffasiynol yn 1927 efallai. A phan aethon ni i'r lolfa dyma fi'n mynd yn ôl yn syth mewn amser at yr ymweliad yna pan oeddwn i'n grwtyn. Dyna'r gadair lle roedd Anti Mona yn eistedd y diwrnod hwnnw a'r holl drugareddau yn dal i fod yn yr un un llefydd. Y cloc ar y silff-ben-tân a'r cŵn gwyn ac oren anochel yn eistedd bob tu iddo, y bordydd bach a'r silffoedd ym mhob man yn drymlwythog dan fodelau bach o gathod, moch, eliffantod a'r pethau rheina chi'n gorfod siglo i wneud storm eira. Roedd yna gannoedd o hen ffotograffau mewn fframiau. Lluniau sepia a du a gwyn, rhai'n hynafiaid i mi mae'n debyg, teidiau barfog, menywod cefnsyth yn gaeth i staes. Tri dyn ifainc yn nillad milwrol yr Ail Ryfed Byd. Ac ymhlith yr hen luniau rhai diweddarach, Mam fel merch ifanc, ac un llun ohono i, er mawr syndod i mi, yn grwtyn bach. Ac roedd yna ddigon o'r peli gwydr 'na – pwysau papur – digon i suddo llong. Yn y peli 'ma roedd yna flodau a phlanhigion a phryfed, ac yn un ohonynt roedd yna gorryn anferth du, corryn go iawn, digon ffiaidd.

'Rwtsh,' meddwn i, 'fflwcs, ffrwcsach. Bydd yn rhaid inni dawlu hyn i gyd.'

'Na!' meddai Harri, 'gallai'r pwysau papur 'ma fod yn werthfawr iawn. Mae'n amlwg ei bod hi wedi'u casglu nhw ar hyd ei hoes.'

Dylwn weud bod Harri'n fwy o arbenigwr mewn *antiques* na fi gan fod ganddo'i siop hen bethau ei hun.

Ond dyna lle roedd nyth Anti Mona o hyd. Roedd ôl ei chorff i'w weld yn y clustogau a'r gybolfa o garthenni a siolau o waith crosio ar ei chadair.

'Ys gwn i sut y buodd hi farw?' gofynnodd Harri, a heb inni orfod gweud gair y naill wrth y llall aeth y syniad drwy'n meddyliau ohoni'n farw gelain yn y gadair 'na am ddyddiau, wythnosau efallai, cyn iddi gael ei chanfod.

Yna, yn gorchuddio popeth, roedd haenau degawdau o lwch a gwe cenedlaethau o gorynnod. Roedd hi'n anodd bod yn siŵr o liw unrhyw eitem gan fod baw'r oesoedd a'r golau prin wedi troi popeth yn llwyd unffurf.

Aethon ni wedyn o stafell i stafell i ganfod cegin anferth, dwy lolfa arall, y llyfrgell a'r llofftydd. Y llofftydd oedd y gwaetha; tywyll, oer, tamp. Pryd oedd Mona wedi cysgu yn ei gwely ddiwetha? A phryd oedd y tro olaf i neb gysgu yn un o'r llofftydd eraill?

Roedd bodolaeth Mona yn ddirgelwch llwyr inni. Sut oedd y tŷ mawr hwn wedi dod yn eiddo iddi? Gyda phwy oedd hi wedi rhannu'i bywyd? Wrth gwrs, byddai Mam wedi gallu ateb rhai o'r cwestiynau hyn ac enwi rhai o'r bobl yn yr hen ffotograffau gwelw ar y waliau, ond doedd hithau ddim ar gael i'w holi mwyach.

'Byddai tŷ fel hyn yn Llundain yn costio miliynau,' meddwn i, 'ond mewn twll o le diarffordd fel hyn mae'n mynd i fod bron yn amhosibl i'w werthu.'

'Ei werthu!' gwaeddodd Harri yn syn, 'Sdim eisiau'i werthu!'

'Beth yn y byd 'dyn ni'n mynd i neud gydag hen eliffant gwyn fel hyn?'

'Ei gadw, wrth gwrs. Ei adnewyddu. Dod yma pan gawn ni

benwythnos rhydd – a gwell byth, cael pobl eraill i dalu i ddod yma i sefyll!'

Aethon ni'n ôl i Lundain ac wrth ystyried syniad Harri gallwn weld pa mor gall a manteisiol oedd ef. A bob yn dipyn fe dyfodd rhyw ddelweddau cyfareddol yn fy meddwl. Fe dreuliwn ni ran o'r flwyddyn yng Nghymru, a deuwn i nabod y wlad o'r newydd – neu'n hytrach dod i'w nabod hi am y tro cyntaf mewn gwirionedd. A gallwn i weld posibiliadau di-ben-draw i'r hen dŷ ar ôl inni glirio'r lle. Dychmygwn fel y bydden ni'n ei adnewyddu; dewiswn liwiau'r stafelloedd, dwy stafell ymolchi, stafell haul, ehangu'r ffenestri i gyd er mwyn cael mwy o olau, gwneud yr ardd yn lle deche i gerdded ac i eistedd. Ac roedd meddwl Harri yn gweithio ar hyd yr un llinellau â'm meddwl innau.

'Y peth cynta bydd yn rhaid inni neud,' meddai Harri, 'yw newid enw'r lle. Fydd dim un o'n ffrindiau ni'n gallu gweud yr enw 'na. Beth yw ei ystyr, ta beth?'

Gwyddwn beth oedd 'Ucha' ond doedd dim clem gyda fi beth oedd ystyr 'Lluest', rhaid i mi gyfaddef. Felly dyma ni'n dodi'n pennau ynghyd, ac ar ôl sawl trafodaeth ac anghytundeb fe benderfynwyd ei ailfedyddio yn y Little Nest. Wrth gwrs, mae'n fwy na nyth bach ond roedd tipyn o eironi yn yr enw hwn, rhyw fath o 'danosodiad', fel petai. Dychmygai Harri wahodd ei ffrindiau i ddod i'r Little Nest er mwyn gweld syndod ar eu hwynebau wrth ganfod plas godidog yn y wlad a pharc o ardd o'i gwmpas.

Stopiodd y trên yn y tywyllwch yng nghanol nunlle a heb unrhyw esboniad. Achubodd Merfyn ar y cyfle i fynd i'r tŷ bach. A phan ddaeth e'n ôl i'w sêt ymddangosodd y ferch welw gyda'r troli a phrynodd Merfyn fwy o goffi a bisgedi.

Aeth y busnes o brofi'r ewyllys yn rhwydd iawn – yn anghyffredin o ddidrafferth, yn ôl ein cyfreithiwr ni. Felly, erbyn mis Rhagfyr y flwyddyn honno roedden ni'n barod i dreulio ein penwythnos cyntaf yn y Little Nest a dechrau meddwl am gael trefn ar bethau. Roedd Harri yn hirben iawn, fe drefnodd i wely dwbl newydd gael ei roi yn y tŷ cyn inni gyrraedd.

"Dyn ni ddim yn gallu cysgu yn yr un o'r hen welyau tamp 'na,' meddai. 'A'r peth nesaf sydd eisiau'i wneud yw cael coelcerth enfawr yn yr ardd a llosgi popeth brwnt a diwerth.'

Roedd Harri wedi amseru popeth i'r eiliad. Whap ar ôl inni gyrraedd y dydd Sadwrn hwnnw daeth y lori gyda'r gwely newydd a, gyda Harri yn eu cyfarwyddo, fe gariodd y dynion y celficyn lan y grisiau – a doedd hynny ddim yn broblem gan fod rheina mor lydan – a'i ddodi yn y llofft a'i ffenest yn edrych dros y cwm. Roedd yr olygfa dros yr hen fythynnod bach gweigion a'r caeau a'r nant a'r bryniau bach gyferbyn yn hollol wahanol i'r hyn roedden ni'n gyfarwydd â hi yn Blackheath. Dodwyd y gwely newydd wrth ochr yr hen wely, yn ôl ei olwg nad oedd neb wedi cysgu ynddo ers degawdau, nes inni gael cyfle i gael gwared â hwnnw.

Yna aeth Harri yn y *four by four* i'r pentre, lle roedd yna un siop fechan, i gael rhai o'r hanfodion, bara, caws, coffi ac yn y blaen.

Dyna'r tro cyntaf i mi gael golwg go iawn ar yr hen le ar fy mhen fy hun. Ac wrth sylwi ar gyflwr pethau, cefais fy llorio, bron, gan y teimlad o 'Ble yn y byd i ddechrau?' Ar wahân i lwch yr oesoedd a'r lleithder oedd yn mynd drwy bopeth, roedd y waliau yn cracio a'r nenfwd yn dod lawr mewn sawl llecyn, roedd golwg bwdr ar bob darn o bren a golwg rwdlyd ar bob pisyn o fetal yn y lle. Suddodd fy nghalon. Roedd hi'n mynd i gostio ffortiwn i'w adnewyddu ac roedd e'n debygol o fod yn bydew arian.

Es i'r lolfa lle roedd nyth Anti Mona o hyd. Fe deimlwn ryw gywilydd am fod yno ac aeth ias annifyr lawr fy nghefn. Sut allwn i wneud unrhyw fath o gartref yno? Hyd yn oed ail gartref. Cartref rhywun oedd hwn ac argraff ei phersonoliaeth yn ddwfn ar bopeth. Roedd yno bentwr o lyfrau a chylchgronau o gwmpas cadair Anti Mona, ambell un ar hanner ei ddarllen, fel petai. Llyfrau Cymraeg oedden nhw, felly doedden nhw'n golygu dim i mi.

Yna daeth Harri yn ôl yn drymlwythog dan fagiau llawn nwyddau, wyau, cig, tuniau amrywiol. Aethon ni i'r gegin a throsglwyddo'r pethau o'r bagiau i'r ford fawr yno.

'F'ymateb cynta i'r pentrefwyr? Dwi ddim yn eu licio nhw,' meddai Harri. 'Roedd yna ddau neu dri yn y siop a chyn i mi fynd mewn dwi'n eitha siŵr eu bod nhw'n siarad Saesneg, ond wrth 'y ngweld i dyma nhw i gyd yn troi i siarad Cymraeg. Doedden nhw ddim yn rhy gyfeillgar chwaith.'

'Bydd hi'n cymryd peth amser i ddod i'w nabod nhw, mae'n debyg,' meddwn i.

'Ugain mlynedd,' meddai Harri. 'Digon hawdd iti ochri gyda nhw, Cymro wyt ti.' Gwnaeth le i bethau ar rai o'r silffoedd. ''Na i gyd wi'n gofyn yw tamaid bach o gwrteisi cyffredin. Ta beth, dwi ddim eisiau dod i'w nabod nhw.'

Ond, chwarae teg i Harri, doedd e ddim yn rhannu f'agwedd wangalon i. Aeth ati yn syth i sgubo a sgwrio ac i glirio, gan ddidoli pethau'n bentyrrau. 'Pethau i'w Cadw', y pwysau papur, er enghraifft, a 'Pethau i'w Taflu', y llyfrau Cymraeg, y papurau a'r cylchgronau ac yn y blaen. Dododd y pethau diwerth hyn mewn bocsys i'w cario i'r ardd i gael eu llosgi, y rhan fwyaf ohonyn nhw. I Harri roedd y cyfan yn sialens ac roedd e'n gallu gweld y lle ar ei wedd newydd yn ei feddwl yn barod.

Wrth inni fynd o stafell i stafell yn ll'nau – y fi yn dilyn cyfarwyddiadau Harri bob cam – byddai yntau yn amlinellu'i syniadau ar gyfer pob stafell, pob wal, pob cornel, i mi gael eu dehongli, mor glir oedd ei weledigaeth. A bob yn dipyn cododd fy nghalon innau. Gallwn i, drwy lygaid Harri, fel petai, weld y Little Nest fel lle braf a moethus cyn pen dim o dro.

Yna fe aethon ni i'r llyfrgell fach drws nesa i lolfa Anti Mona. Roedd yno gannoedd os nad miloedd o lyfrau a phapurau a phapurach ymhobman. Roedd yna ddesg wedi'i gorchuddio gan bapurau a sgrifen gorynnaidd Anti Mona dros bob tudalen. Mewn cornel roedd yna bentwr o ddyddiaduron, cyfrol am bob blwyddyn yn ymestyn yn ôl i'r 1930au. Roedd hi wedi cadw'i dyddiadur yn ffyddlon ac wedi sgrifennu rhywbeth am bob diwrnod, hyd y gallwn i weld, es i ddim trwyddyn nhw i gyd, dim ond fflipio trwy'r tudalennau yn sydyn, ond welais i ddim un bwlch na thudalen wag – weithiau dim ond pwt byr o frawddeg neu ddwy, ond ambell dro byddai'r cofnodion yn llifo ymlaen dros sawl tudalen.

'Tr'eni nad w' i'n gallu darllen Cymraeg yn well,' meddwn i.

'Sdim pwrpas eu cadw nhw,' meddai Harri.

Aethon ni ag un bocs o lyfrau a phapurach ar ôl y llall i'r ardd i'w llosgi ar dân mawr. Llosgodd Harri holl ddillad Anti Mona hefyd, gan gynnwys y carthenni ar y gwelyau a'r siolau a'r clustogau oedd wedi ffurfio'r nyth ar ei chadair. A rhaid i mi ddweud, wedi inni glirio'r gadair honno fe deimlwn nad oedd yr hen fenyw yn gymaint o bresenoldeb yn y tŷ o hyd. Wrth inni ddinistrio'i chwtsh roedden ni wedi dileu'i gafael ar y lle. Neu felly y credwn i ar y pryd.

A'r noson honno aethon ni i'r gwely newydd wedi blino'n gortyn ni'n dau.

Dwi'n cofio dihuno yn oriau mân y bore. Roedd hi fel y fagddu – yn dywyllach nag sy'n bosib yn Llundain lle mae rhyw olau i gael bob awr o'r nos – ac yn ddychrynllyd o oer, wedi'r cyfan mis Rhagfyr oedd hi. Ond yr hyn oedd wedi fy neffro oedd y teimlad bod rhywbeth yn symud yn yr hen wely arall oedd yn dal i fod yno, wrth gwrs, yn yr un stafell â ni. Roedd Harri'n dal i gysgu cwsg y cyfiawn a doeddwn i ddim yn dymuno'i ddeffro neu fel arall buaswn i wedi cynnau golau a mynd i archwilio'r gwely yna. Er mor wrthun oedd y syniad, credwn fod hwnnw yn fyw gan lygod – llygod mawr o bosib. Ond diolch i flinder yn sgil gwaith y dydd fe gysgais eto.

Soniais i ddim am y gwely ych-a-fi wrth Harri pan ddeffroes yn y bore ond pan aeth ef lawr i'r gegin i wneud brecwast es i edrych, gan dynnu'r hen flancedi pwdr yn ôl yn sydyn. Ond doedd dim olion llygod, dim tyllau, na dim o'r baw sydd yn arwydd sicr o bresenoldeb y creaduriaid bach annymunol 'na. Serch hynny, fe deimlwn yn siŵr taw llygod o ryw fath oedd yr unig esboniad call am y sŵn symud yn ystod y nos, a bod y pethau bach ffiaidd wedi diengyd i rywle arall i guddio gyda golau'r wawr ac wrth i Harri a finnau ddechrau ymysgwyd o'n trymgwsg ar gyfer diwrnod newydd o waith fe aethon nhw i'w hencilion.

Ar ôl brecwast o wyau a bacwn a bara wedi ffrio a sawl disgled o goffi dywedodd Harri fod rhai o'r celfi yn werth eu cadw; y cloc cas hir, er enghraifft, yn y fynedfa hirgul oedd yn cysylltu holl stafelloedd y llawr. Safai'r hen gloc hwn wrth draed y grisiau, yn ffigur ysblennydd a chaboledig o bren mahogani tywyll. Roedd e'n cadw amser da hefyd ac yn taro'r awr gydag awdurdod cyson. Desg Anti Mona, wedi iddi gael ei chlirio. Roedd Harri yn edmygu'r droriau niferus. Ar y wal, yn y parlwr mawr, roedd yna dirlun tywyll mewn olew; llun braidd yn ddigalon – creigiau, clogwyn, llethrau, coed tywyll a thipyn o raeadr – ond roedd Harri yn argyhoeddedig bod hwn yn beintiad gwreiddiol gan Richard Wilson, ac os felly, fe allai fod yn werthfawr. Roedd e wedi tynnu llun ohono ar ei ffôn symudol i'w ddanfon at un o'i ffrindiau a weithiai yn Bonhams, ond doedd dim gobaith cael unrhyw wasanaeth ar ein ffonau wedi croesi'r bryn wrth ddod lawr dros y pant i Gwmhwsmon. Ac roeddwn i'n licio'r ford dderw anferth yn y stafell fwyta, rhai o'r cadeiriau yn y gegin a'r hen ddresel a'i holl lestri amrywiol. Rhyngom ni roedd syniad o'r Little Nest ar ei newydd wedd yn dechrau ymffurfio yn ein meddwl. Bydden ni'n cyfuno'r hen a'r newydd, y gwledig a'r dinesig.

Er fy mod i wrth weithio ar dai pobl eraill wedi meithrin yr enw am fod yn dipyn o finimalydd roedd hynny yn anochel, efallai, gan fod y rhan fwyaf o'r cartrefi roeddwn i wedi gweithio arnynt yn rhai newydd yn y dinasoedd. Dyma gyfle i efelychu artistiaid roeddwn i wedi'u hedmygu erioed er bod eu harddull yn hollol wahanol i'r hyn a gysylltid â 'ngwaith i. Sôn ydw i am ddylunwyr megis John Fowler, Dorothy Draper a Sister Parish. Gyda gwaith y meistri hyn mewn cof gallwn i weld lle llawn lliwiau llachar a phatrymau a chyfuniadau annisgwyl. Bydden ni'n dodi lle amlwg i'r lliwiau gwyrdd a melyn, pinc ac oren.

Wyt ti wedi sylwi ar y ffaith fod gan bob lle ei wynt arbennig ei hun? gofynnodd Merfyn gan barhau â'i naratif, y bwrdd rhyngom ni ar y trên bellach wedi'i orchuddio â sbwriel pacedi byrbrydau a diodydd; gwaith Merfyn i gyd. Mae'n wir am bob cartref, – aeth yn ei flaen – dwi'n cofio gwynt tŷ Mam-gu a gwynt cartrefi fy nghefndryd, gwynt tai cymdogion. Dwi'n cofio gwynt dy gartref di hyd yn oed! Ond mae arogleuon yn bethau anodd i'w disgrifio, on'd 'yn nhw? Rhywbeth tebyg i laeth oedd yn nodweddu cartref Mam-gu. Roedd yna naws peth tebyg i facwn yn nhŷ Mr a Mrs Evans drws nesa i ni, er dwi ddim yn cofio'u gweld nhw'n coginio bacwn erioed. A nece dweud bod cartrefi neb yn frwnt ydw i – dim o gwbl. Yr unig wynt 'dyn ni ddim yn ymwybodol ohono yw gwynt ein cartrefi'n hunain. Ac eto dyna un o'r pethau cyntaf sy'n taro pob ymwelydd, mae'n debyg. A sdim pwrpas treio cuddio'r peth gyda'r pethau persawrus 'na, wath mae'r ffroenau'n dod yn gyfarwydd â rheina ac wedyn mae gwynt y lle'i hun yn ei ddatgelu'i hun eto bob yn dipyn. Wel, yn naturiol, roedd yna aroglau yn perthyn i gartref Anti Mona. Pan aeth Harri a finnau i mewn y tro cyntaf 'na fe gofiais yr aroglau cystal â'r holl drugareddau ar y bordydd a'r silffoedd. A nece sawr hen fenyw anhwylus oedd e, a nece'r tamprwydd a'r llwch, er bod yr elfennau 'na i gyd wedi cyfrannu at y gwynt sylfaenol. Na, roedd gwynt cartref Anti Mona yn dwym ac yn briddlyd ac yn consurio oes a fu yn fy meddwl i, y canol oesoedd, efallai. Ta beth, ar ôl byw mewn lle am dipyn mae'r trwyn yn dod yn gyfarwydd â'i wynt nes ei anghofio'n llwyr, ac wrth gwrs, mae'n haroglau ninnau'n disodli gwynt hen berchnogion yn raddol, fel arfer. Ond roedd gwynt cartref Anti Mona yn gyndyn i symud ac ildio'i le i'n hoglau newydd ni. Bob tro yr aen ni i unrhyw stafell, dyna lle roedd y gwynt i'n croesawu o'r newydd, fel petai.

Y noson honno, a ninnau wedi clirio llwyth o hen bethach eto roedden ni'n flinedig ac roeddwn i wedi anghofio'n llwyr am yr hen wely 'na, a finnau wedi bwriadu cael help gan rywun o'r pentre i'w symud i'r ardd a'i losgi. Ond roedd hi'n rhy ddiweddar a ninnau'n hwylio i fynd i gadw, felly doedd dim dewis ond inni rannu'r stafell â'r gwely ych-a-fi am noson arall. Ond, wyddai Harri ddim am fy mhrofiad i y noson cynt, wath doeddwn i ddim wedi dweud dim wrtho, rhag ofn iddo ddechrau hel gofidiau am lygod a phryfetach ac yn y blaen. Roedd yn gas ganddo bethau fel'na, pethau bach byw.

Wel, fe wnaeth hi noson ofnadwy o oer eto. Serch hynny, wrth inni gwato gyda'n gilydd dan y dwfe fe aethon ni i gysgu ni'n dau.

Cawson ni'n deffro'n sydyn tua dau o'r gloch yn y bore gan y glec fwyaf arswydus, a atseiniodd drwy'r adeilad a thrwy ein cyrff ni'n dau ar y gwely. Bu bron i mi gael hartan, rhaid i mi gyfaddef.

'Beth ar y ddaear oedd hwn'na?' meddwn i.

'Rhywun yn torri mewn,' sibrydodd Harri.

Wedi inni orwedd fel'na dan y dwfe yn dal ein gwynt am dipyn, yn cydio'n dynn y naill yn y llall, gan foeli'n clustiau am unrhyw smic arall o sŵn – a chlywed dim, dyma fi yn ymwroli ac yn penderfynu mynd i edrych.

Sefais ar y landin â 'ngwynt yn 'y nwrn. Dim sŵn. Ar ôl rhyw bum munud o ddistawrwydd fel'na fe fentrais gynnau'r golau. Y peth cyntaf a dynnodd fy sylw oedd bod drws bach y cloc hir wrth droed y grisiau yn agored. Es i lawr y grisiau gam wrth gam ar flaenau fy nhraed. Ond roedd hi'n gwbl amhosibl gwneud hynny'n ddistaw wath roedd gan bob gris ei wich a'i gŵyn a'i lais ei hun.

Pan edrychais i mewn i gas y cloc fe allwn i weld bron yn syth yr esboniad am y glec fawr. Roedd llinyn y pwysau wedi torri ac wedi disgyn i'r llawr. Roedd dirgryniad y glec, mae'n debyg, wedi achosi i ddrws y cloc sboncio ar agor. Teimlwn yn ffyddiog taw dyna'r eglurhad mwyaf rhesymegol a dechreuodd fy nghalon a fu'n rhedeg fel milgi dawelu. Es i drwy'r stafelloedd i gyd ar y llawr i wneud yn hollol siŵr fod popeth yn iawn. Doedd dim un ffenest wedi'i thorri, dim un o'r drysau yn agored a dim sôn am leidr mewn crys streipiog a masg dros ei lygaid a sach dros ei ysgwydd â'r gair 'swag' arni, fel yn yr hen gartwnau slawer dydd.

Roedd Harri yn sefyll ar ben y grisiau, yn bryder i gyd. Ond dwedais i fod popeth yn iawn ac yn ddiogel ac y gallen ni fynd 'nôl i'r gwely.

'Ond dyw llinyn pwysau mewn cloc ddim jyst yn torri fel'na, nag yw?' gofynnodd.

'Odyn,' meddwn i ac yna adroddais i'r stori am Mr a Mrs

Evans drws nesa yn cael eu dihuno gefn trymedd nos gan glec aruthrol drwy'r tŷ a bu bron i Mrs Evans farw o fraw. A beth oedd hi ond llinyn y pwysau yn torri yn y cloc cas hir.

'Mae'r llinyn, weithiau, yn pydru ti'n gweld, ac un noson mae jyst yn mynd fel'na,' meddwn i gan glecio fy mysedd.

'A sut agorodd y drws?'

'Wel atsain y glec,' meddwn i, 'on'd oedd honno'n ddigon i ddeffro'r meirw?'

'Ond roedd 'na allwedd yn y drws bach,' meddai Harri.

'Ie, weithiau mae 'na allwedd yn y clo ond heb ei throi,' meddwn innau.

'Dwi'n cofio edrych ar y cloc yn y prynhawn a chloi'r drws bach wedyn,' meddai Harri.

'Wel, mae'n eitha posib fod y glec 'na wedi bod yn ddigon i neud i'r allwedd droi,' meddwn i, er nad oeddwn i wedi argyhoeddi fy hunan gyda'r esgus. Ac er na ddywedodd Harri air arall roeddwn i'n gwybod nad oedd yntau wedi'i lyncu'n gyfan gwbl chwaith.

Cawson ni beth cwsg anesmwyth wedyn.

Pan godon ni'n dau fore trannoeth cawson syrpreis. Roedd eira dros bob man. Trwch o eira hefyd ac roedd hi'n dal i fwrw.

'Fel cerdyn Nadolig,' meddai Harri.

'Pert iawn,' meddwn i, 'ond cofia fod rhaid inni fynd 'nôl i Lundain yfory, mae 'da fi ddau *client* i'w gweld.'

'Dim ond cawod yw hi,' meddai Harri, 'bydd y *four by four* yn gallu ymdopi, dim problem.'

A dyna'n blas cyntaf ni ar fywyd mewn tŷ hen ffasiwn, heb wres canolog, yng nghefn gwlad Cymru yn y gaeaf. Roedden ni wedi bwriadu gwneud melin a phandy o waith yn y tŷ y diwrnod hwnnw cyn ymadael am Lundain ben bore trannoeth. Ond roedd y tymheredd wedi gostwng fel ei bod yn annioddefol o oer, yn llythrennol, yn y rhan fwyaf o'r stafelloedd. Fe lwyddais i gynnau rhyw lun o dân yn lolfa Anti Mona gan ddefnyddio peth o'r papurach a rhai o'r llyfrau oedd yn weddillion o'r llyfrgell. Ac roedd y ffwrn nwy yn rhoi tipyn o wres yn y gegin, ond dim digon. Daethon ni i Gymru gyda dillad digonol ar gyfer tŷ â gwres canolog ynddo ac i bicio mewn a mas o'r car. Ond doedd gyda ni ddim menig, dim sgarffiau a dim ond cotiau gweddol ysgafn. Ar ben hynny, yn fuan ar ôl inni gael brecwast sylwodd Harri fod ein hadnoddau bwyd yn cyflym brinhau. Taflodd Harri gipolwg i'm cyfeiriad ac yn yr edrychiad hwnnw fe synhwyrais ysgariad arall.

'Picia' i i'r pentre,' meddwn i. A bant â mi. Ond prin yr aeth y *four by four* ryw hanner milltir cyn iddo fynd yn sownd yn yr eira. Doedd dim dewis ond i mi gerdded gweddill y ffordd lawr y twyn, trwy rai o adfeilion yr hen bentre bach marw ac ymlaen i Gwmhwsmon ei hun. Haws gweud na gwneud. A gallwn weld nawr gyda doethineb trannoeth pa mor ffôl oeddwn i i fentro ar fy mhen fy hun yr holl ffordd 'na ar droed, heb yr esgidiau priodol, mewn tywydd mor arw.

Wrth i mi wneud fy ffordd lafurus rhwng yr adfeilion, nad oedden nhw'n ddim ond ffurfiau annelwig gwyn dan flanced yr eira, fe ges i'r teimlad mwya annifyr. Teimlwn fod rhywun neu rywbeth yn fy ngwylio ac yn fy nilyn o bell. Ond pan edrychais o'm cwmpas doedd neb na dim i'w weld ac roedd yr eira yn ymestyn yn ddilychwin i bob cyfeiriad. Ar wahân i ambell frân, y fi oedd y cyntaf i wneud unrhyw farc ynddo. Ar ben hynny, wrth i mi basio'r murddunnod fe allwn daeru i mi glywed sŵn galarus rhai yn griddfan a rhai yn llefain a pheth tebyg i sŵn canu anghynnes. Oni bai fy mod mor oer yn barod fel na allwn deimlo fy nwylo na 'nhrwyn na 'nghlustiau fy hun, byddwn i wedi sôn am gael ias oer lawr 'y nghefn, mae'n debyg. Ond wfftiais y peth gan resymu taw effaith y tywydd oedd, a'r gwynt yn creu'r sŵn wrth chwythu rhwng y cerrig. Ond doedd yna ddim awel o gwbl.

Brysiais yn fy mlaen, hyd y gallwn frysio, er mwyn pasio'r hen dai marw. Ac roeddwn i'n nesáu at ymyl y pentre byw pan ddisgynnais lan i 'nghlustiau i ryw bant anweladwy. Wedi'r cyfan doeddwn i ddim yn gyfarwydd â'r llwybr, nac oeddwn, a ddim yn gwybod lle oedd ei bantiau na'i agennau na'i fylchau. A dyna lle roeddwn i, cleren mewn gwe corryn. A pho fwya yr ymdrechwn i ddod yn rhydd y dyfnaf y llithrwn i'r twll. 'Wel, Merfyn,' meddwn i, 'mae 'na beryg i ti gael dy ddiwedd fel hyn, mewn twll yn yr oerni yn nunlle. Nawr yw'r amser i ti adolygu dy fywyd a gweddïo.' Ble mae'r ci St Bernard a'i gasgen o frandi pan fo eisiau un? Roeddwn i wir yn dechrau ofni y byddwn i'n marw fel'na. Ac mae'n eitha posibl y byddai'r broffwydoliaeth ddigalon honno wedi cael ei gwireddu oni bai am y fenyw a ymddangosod yn sydyn, fel angel gwarcheidiol, mewn menig a siaced wlân a chap tebot o het am ei phen. Doedd hi ddim talach na phlentyn ond heb air gafaelodd yn fy nwy fraich a 'nhynnu mas o'r twll gyda nerth ychen.

'Iesgob,' meddai, 'beth yn y byd y'ch chi'n neud myn'na?'

Peth anghyfarwydd ac annisgwyl i mi a fagwyd yn y cymoedd, ac ar ôl treulio oes yn Llundain, oedd i ddieithryn ddechrau siarad yn Gymraeg fel'na. Yna, wedi i mi atgoffa fy hunan fy mod i mewn twll yn un o ardaloedd Cymreicaf Cymru, dyma fi'n llunio rhyw fath o frawddeg yn yr hen iaith.

'Cwmpo wnes i.' Ac am wn i dyna'r tro cyntaf i mi siarad peth tebyg i Gymraeg â neb ar wahân i Mam ers degawdau.

'Beth y'ch chi'n neud mas yn y tywydd 'ma heb wisgo'n iawn? Mae eisia chwilio'ch pen chi, wir!'

Roedd hi'n siarad mor rwydd ac roedd yr acen mor ddieithr prin y gallwn i ddal pob gair, ond deallwn yr ergyd.

'Twp, wi'n gwpod,' meddwn i.

'Ew! Chi'n siarad mewn cynghanedd! Ble chi'n mynd? I'r siop?'

'I'r siop, ie.'

Creadures od iawn, meddyliwn i, ond roeddwn i'n ddiolchgar iawn iddi, er hynny.

'Ew! Chi'n fferu! Dewch. Mae tractor 'da fi fan'yn. 'Na'r unig ffordd yn y tywydd 'ma. 'So'r siop yn bell. Bydd rhaid i chi rannu'r sêt fach 'da fi. Sdim lle i ddou. Ac mae Jac y ci ar y cefn. Ond peidiwch â chymryd dim sylw ohono fe. Mae fe'n neidio lan ar gefn y tractor bob tro mae rhywun yn ei danio fe. Hwpwch lan.'

A bant â ni. Dyna'r tro cyntaf erioed i mi deithio ar dractor.

'O ble daethoch chi heddi, 'te?' gofynnodd fy ngwaredwraig.

'Y Lluest Ucha,' meddwn i a throes y fenyw ei phen gan syllu arna i fel petawn i wedi rhoi clatsien iddi.

'Y Lluest Ucha! Cartre Mona Moffat! Felly, chi yw'r nai sydd wedi etifeddu'r hen le?'

'Ie,' meddwn i am nad oeddwn i wedi deall y cyfan a doeddwn i ddim yn hollol siŵr beth oedd yr ateb cywir. Ond doedd dim ots gan hon wath roedd hi'n siarad mor glou a doedd dim stop arni.

'Wel dyma beth yw cyd-ddigwyddiad. Dwi wedi bod yn meddwl dod lan i chwilio amdanoch chi a chyflwyno'n hunan. Gwenan ydw i, Gwenan Wyn Hopcyn. Y fi ffeindiodd eich modryb a fi drefnodd yr angladd ac yn y blaen.'

'Diolch o galon i chi. Mae 'mhartner a fi wedi dymuno cysylltu â chi, gan ein bod yn bwriadu talu'ch costau i gyd.'

'Peidiwch â phoeni gormod. Roedd Mona a finnau'n ffrindiau mowr. Byddwn i'n galw i'w gweld hi bob yn ail ddiwrnod, bron. Ffrindiau mowr oedden ni, yn rhannu'r un diddordeb, llenyddiaeth Gymraeg.'

Roedd ei geiriau'n hir ac yn anghyfarwydd i mi. Eisteddais yn dawel, pen y ci yn ymwthio rhyngom ni a'i anadl yn dod yn ddrewdod o gymylau i'n trwyn, wrth i'r tractor gorddi'i ffordd yn ara deg drwy bentre byw Cwmhwsmon.

'Dyma ni,' meddai Gwenan, o'r diwedd, 'siop Cwsmon'.

Uwchben y drws oedd arwydd enfawr yn dweud 'Siop'. Braidd yn ddiangen yn fy marn i, gan taw dyna'r unig siop yn y pentre. Roedd yna dafarn, Y Brenin (beth arall?) a garej a fferyllfa a dyna'r cyfan.

Roedd y siop yn fach ac yn gul ond roedd tipyn o bopeth i'w gael yno. Aeth Gwenan i gael clonc gyda gwraig y siop. Y Gymraeg yn fwrlwm rhyngddyn nhw a finnau'n dal ond ambell air. Fe lwythais y fasged â nwyddau cyffredin a hawdd eu paratoi (doedd dim meicrodon gyda ni yn y Little Nest ar y pryd): cig oer, caws, bara, menyn, wyau, llaeth ac yn y blaen. Pethau sylfaenol. Wedi'r cyfan doedden ni ddim yn bwriadu sefyll yno'n hir. A phan es i at y cownter i dalu, dywedodd Gwenan –

'Dyma Beti,' gan fy nghyflwyno i wraig y siop. 'Mae'n ddrwg 'da fi, dwi ddim yn gwybod eich enw.'

'Merfyn Taylor, a mae 'mhartner wedi bod yma y diwrnod o'r blaen, Harri.'

'Do,' meddai Beti, menyw ddigon siriol, ei hwyneb, ei breichiau a'i dwylo yn rhowliau toeslyd o fraster pinc. 'Dwi'n ei gofio fe.'

Wedi inni gwpla'n trafodion yn y siop daeth Gwenan a finnau mas i'r awyr oer gyda'n gilydd.

'Af i â chi i waelod twyn y Lluest Ucha yn y tractor ond wedyn bydd yn rhaid i chi ddringo gweddill y ffordd eich hunan,' meddai hi yn ei dull di-lol.

'Diolch ond dwi moyn ffonio o'r ffôn 'ma gynta.'

Es i mewn i'r blwch ffôn, peth nad oeddwn i wedi'i wneud ers sawl blwyddyn mae'n debyg, a ffonio'n swyddfa fy hun gan adael neges ar y teclyn ateb i ddweud nad oeddwn yn debygol o fod yno drannoeth, nac am y dyddiau nesaf, diolch i'r tywydd mawr yng Nghymru.

A'r peth nesaf dyna lle roeddwn i'n ôl ar y tractor yn rhannu'r stôl anghyfforddus gyda Gwenan a Jac y ci ac yn gwneud fy ngorau i ddal fy ngafael mewn bag llawn neges a'm dwylo difenig yn prysur droi'n las a dideimlad diolch i'r grepach.

Ces i beth o hanes y pentre a chyflwyniad i'r ardal gan Gwenan, nad oeddwn i'n deall ond traean ohono. Yna, wrth inni nesáu at waelod y llwybr oedd yn arwain lan at y Little Nest, dywedodd Gwenan,

''Na fe, unwaith y dadmerith yr eira 'ma, do i lan i gasglu'r papurau a'r llyfrau.'

'Pwy bapurau a llyfrau?' gofynnais yn gwbl ddiddeall.

'Papurau a llyfrau Mona.'

Edrychais arni am ragor o eglurhad.

'Dywedodd Mona y cawn i'r llyfrau a'r papurau i gyd ar ei hôl hi.'

'Oedd y llyfrau a'r papurach 'na yn y llyfrgell o unrhyw ddiddordeb, 'te?'

'Ew, mawredd, wrth gwrs eu bod.'

'Ym mha ffordd?'

'Nag y'ch chi'n gwbod bod Mona Moffat yn un o ysgolheigion a ffigurau llenyddol mwya'n cenedl?'

'Nag o'n,' meddwn i, er nad oeddwn i wedi llawn amgyffred popeth roedd hi'n ei ddweud.

'Mona Moffat? Roedd hi'n awdures o fri, on'd oedd hi? Mona, Mam ein Llên. Cyhoeddodd glasur o nofel a dwy gyfrol o storïau byrion, heb sôn am ei holl astudiaethau academaidd, a'i hunangofiant sydd yn cael ei gyfri'n gampwaith, *Pioden Wen, Pioden Ddu*.'

'Doedd 'da fi ddim syniad.'

'Ta beth, fe addewais iddi y byddwn i'n gofalu am ei dogfennau i gyd, a'i chasgliad o lyfrau, ac yn eu trosglwyddo i'r Llyfrgell Genedlaethol ar ôl ei marwolaeth.'

'Y llyfrau 'na yn y llyfrgell, chi'n feddwl, a'r holl bapurach ar y ddesg ac yn y drariau?'

'Ie.' Oedodd Gwenan, ei llygaid yn turio i mewn i mi. 'Peidiwch â gweud bod dim wedi digwydd iddyn nhw!'

Doedd dim dewis ond gweud y gwir.

'Maen nhw wedi cael eu llosgi,' meddwn i.

Troes Gwenan yn gerflun cegrwth, yn fenyw eira. Roedd hi'n eirias gan ddicter. Eisteddai yn ei sêt ar y tractor yn mudlosgi a syllu arna i gyda'r fath falais yn ei llygaid cyhyd nes i mi ddechrau ofni ei bod hi wedi cael strôc.

'Ydych chi'n iawn?' gofynnais.

'Chi wedi llosgi'r holl lyfrau? A'r dogfennau? I gyd?'

'Do… y rhan fwya.'

'Ond y fi oedd i fod i gael rheina.'

'Oedd rhywbeth am hynny yn yr ewyllys?'

'Ro'n i wedi addo i Mona – wedi gaddo – y byddwn i'n edrych ar eu hôl nhw.'

'Wedodd y cyfreithiwr ddim…'

'Ro'n ni wedi dod i ddealltwriaeth.'

'Sori ond…'

'Sori? Be sy'n bod 'da chi, ddyn? Pwy sy'n llosgi llyfrau ac ysgrifeniadau amhrisiadwy?'

Ac yn sydyn, o fod yn beth gwyn ac oer a dileferydd troes y greadures yn beth coch a ffyrnig a'i llygaid gwyrdd yn fflachio, wrth iddi boeri – yn llythrennol, tasgodd poer o'i phen dros fy wyneb i – wrth iddi boeri geiriau'i llid arna i.

'Fandal! Natsi! Barbariad! Dwi'n difaru nawr nes i ddim gadael i chi sythu yn y twll 'na!'

A chyda hwb creulon fe wthiodd fi i'r llawr o'r tractor nes i mi gwympo'n ôl ar wastad fy nghefn ac aeth y nwyddau i gyd ar hyd y lle o'm cwmpas yn yr eira. Ac yna fe faciodd y tractor i ffwrdd, mor gyflym ag y gall tractor facio, a hithau'n dal i weiddi melltithion a sarhad.

Yn ara deg fe giliodd y tractor, gyda Gwenan a Jac yn cydgyfarth yr holl ffordd nes iddyn nhw fynd o'm golwg, a thu hwnt i'm clyw lawr y twyn a rownd y gornel. Fe gesglais fy neges o'r llawr gwlyb a gwyn a dechrau dringo'r llwybr 'nôl at y Little Nest.

Dri chwarter awr yn ddiweddarach, wedi fy rhewi at yr asgwrn roeddwn i mor ddiolchgar pan wedodd Harri'i fod e wedi paratoi bàth i mi. Cawsai waith i dwymo'r dŵr, wath taw dim ond gwresogydd dŵr hen ffasiwn iawn oedd i'w gael yn y stafell ymolchi. A sôn am y stafell ymolchi roedd honno mor fawr â festri capel ac yn amhosibl i'w chynhesu. Pam oedd stafelloedd mor fawr mewn hen dai, gweud? A chwarae teg iddo, roedd Harri wedi dodi canhwyllau ym mhobman ac roedd y lle'n ogof hud a lledrith o bert. Cawsai'r canhwyllau yn y seler – ie, roedd gyda ni seler anferth – ac roedd e wedi cynnau rhyw bymtheg ohonyn nhw. Suddais yn werthfawrogol i'r dŵr, er nad oedd hwnnw yn arbennig o dwym erbyn hynny ac nid oedd y gwresogydd yn barod i ildio rhagor o hylif cynnes eto. Serch hynny ymlaciais a gadael i'r gwlybaniaeth lapio o'm cwmpas gan ddadebru fy nhraed a'm bysedd, fy nghoesau a'm breichiau ar ôl yr oerfel. Gallwn glywed Harri yn paratoi rhywbeth i'w f'yta yn y gegin. Roeddwn i'n barod i orwedd fel'na am dipyn yn y dyfroedd llugoer a gwawl llesmeiriol y canhwyllau, ond yn sydyn, a heb i mi deimlo'r chwythiad o wynt diffoddwyd pob un o'r canhwyllau gyda'i gilydd. Gorweddais am eiliad yn y dŵr mewn syndod. Roedd y drws wedi'i gau yn dynn a dim ond un ffenestr fechan oedd yma a hithau wedi'i chau. Hyd y gallwn i weld doedd dim draffitau i'w cael yn y stafell hon – peth anghyffredin gan fod y tŷ yn ddigon drafftiog ym mhob man arall. Codais o'r twba ac ymbalfalu yn y tywyllwch am y tyweli a'u lapio amdanaf. Cyn i mi agor y drws i'r landin, lle roedd yna olau trydan, cefais deimlad annifyr fod rhywun neu ryw beth yn sefyll y tu ôl i mi yn nhywyllwch y stafell ymolchi. Wrth gwrs, doedd neb yno.

Rhuthrais lawr y grisiau, dau ar y tro. A dyna lle'r oedd Harri yn eistedd mewn cornel yn y gegin, yn pwdu.

Doedd e ddim yn licio'r lle 'ma, meddai. Roedd e'n oer, roedd y tân wedi marw ac yn pallu ailgynnau ac roedd e'n gallu clywed lleisiau yn sibrwd ym mhobman. Roedd e'n siŵr bod y pentrefwyr yn treio'n gyrru ni o 'na.

Ces i dipyn o waith ei ddyhuddo fe a'i dawelu. A ches i ddim cyfle i sôn am y canhwyllau nac i egluro pam roeddwn i wedi dod lawr y grisiau ar garlam, yn hanner noeth. Roedd Harri wedi'i gynhyrfu i'r fath raddau fel na allai wrando arna i. Llwyddais i gynnau un cylch ar y ffwrn nwy fel y gallen ni gael pot o de i ni'n dau. Es i lan llofft i wisgo ac erbyn i mi ddod 'nôl i'r gegin eto roedd Harri wedi llonyddu peth.

Aethon ni i lolfa Anti Mona lle cefais lwc eto wrth gael tân i afael.

'Dydy'r pentrefwyr ddim yn chwarae triciau arnon ni,' meddwn i, 'wath does dim un marc yn yr eira o gwmpas y tŷ. Dwi wedi edrych drwy bob ffenest.'

Doedd Harri ddim wedi'i argyhoeddi. Beth am y lleisiau? Roedd e wedi'u clywed lan llofft, yn y parlwr ac yn y llyfrgell fwya. Ac roedd e'n siŵr bod rhywun wedi dod i'r tŷ pan o'n i yn y pentre wath roedd e wedi clywed sŵn traed – ar y grisiau. A doedd dim modd camsynied y sŵn 'na.

'Mae grisiau hen dai fel hyn yn gwichian yn aml. Yr oerfel sy'n gwneud hynny,' meddwn i.

Ond roedd Harri yn bendant, roedd e wedi clywed rhai yn siarad, lleisiau yn siarad. Tri llais â bod yn fanwl. A phan ofynnais beth oedden nhw'n ei ddweud, fe wylltiodd. Doedd e ddim yn gwybod, doedd e ddim yn deall Cymraeg, nag oedd e? Ta beth, sibrwd oedden nhw.

Llygod oedd yr unig esboniad. Ond dwi ddim yn siŵr pa un oedd Harri yn ei ofni fwya, llygod ynteu'r pentrefwyr.

Am y tro cyntaf ers rhyw awr fe symudodd y trên yn y tywyllwch eto gan ailgychwyn ar ei daith. Am ryw reswm fe welodd Merfyn ein cyflwr symudol newydd fel cyfle i bicio i'r toiled. Yn ei absenoldeb achubais innau ar y cyfle i glirio'r holl anialwch o'r ford a'i ddodi yn y bin. Pan ddaeth Merfyn yn ôl i'w sêt roedd hi'n amlwg iddo gwrdd â'r ferch gyda'r troli eto ym mherfedd y trên, gan fod ei freichiau'n llawn o bacedi creision, bisgedi, brechdanau a mwy o goffi. Eisteddodd a chyn iddo ddechrau pori fe dynnodd ei ffôn o'i boced a dechrau tecstio.

Allwn i weld dim drwy'r ffenestr dim ond f'adlewyrchiad fy hun mewn *chiaroscuro*. Ond roeddwn i'n falch fod y trên yn symud unwaith eto. Pan fo trên yn oedi ac yn sefyll yn ei unfan mae'n peri i mi deimlo'n ansicr ac yn bryderus, ac roedd y daith hon a ninnau bellach yn bell ar ei hôl hi yn un boenus o annifyr, diolch i'r tywydd oer a'r tywyllwch, er bod cwmni Merfyn wedi pasio'r amser.

Ble o'n i? gofynnodd Merfyn – wedi iddo ddodi'r ffôn i gadw ac agor sawl un o'r pacedi amrywiol yn barod i wledda wrth iddo gario yn ei flaen gyda'i stori – wel, wedi inni oroesi'r storm eira 'na – buon ni'n gaeth i'r tŷ am bedwar diwrnod arall – fe setlon ni i batrwm rheolaidd o fynd i sefyll yn y Little Nest am benwythnos bob mis. Am y flwyddyn gyntaf roedd hi'n fater o fonitro'r gwaith ar y lle wrth inni'i adnewyddu. Roedd hi'n broses gostus a llafurus. Bu'n rhaid atgyweirio'r to, newid y ffenestri i gyd, gan eu ehangu'n sylweddol (roedd Harri yn benderfynol o gael mwy o olau), gwaith a olygai dorri drwy'r waliau trwchus, a dodi gwydr dwbl yn lle'r hen ffenestri bach â'u gwydr tenau a'u fframiau drafftiog. Roedd rhaid cael gwres canolog drwy'r tŷ i gyd, wrth gwrs, ac roedd hyn yn flaenoriaeth yn dilyn profiad y gaeaf cyntaf dwi newydd sôn amdano. Wedyn roedd rhaid inni atgyfnerthu rhai o'r waliau a'r nenfwd mewn sawl man.

Torri lawr, codi eto, estyn, peintio, trwsio, roedd hi'n ddiddiwedd. Am bron i ddeunaw mis allen ni ddim galw'r lle'n ail gartref. Er bod y gwaith yn cael ei wneud yn ystod yr wythnosau a ninnau'n absennol, bydden ni'n gorfod rhannu'n penwythnosau gyda'r gwaith ar y gweill, fel petai. Llanast ucha yn lle y Lluest Ucha (gwastraff jôc ar Harri). Llanast adeiladwyr a'u hoffer ar hyd y lle, tyllau yn y waliau, tyllau uwch ein pennau, tyllau yn y llawr. Allen ni ddim dodi'n celfi yn eu llefydd sefydlog eto, doedd yna ddim carpedi, a'r waliau i gyd yn foel. Basech chi'n meddwl, efallai, y basen ni'n ddigon cyfarwydd â'r naws ansefydlog hyn, gan fy mod i'n ddylunydd a Harri yn cadw siop *antiques*. Wedi'r cyfan nyni sy'n gyfrifol am greu anhrefn debyg i hyn yng nghhartrefi pobl eraill, fel rheol. Ond dyna'r gwahaniaeth, ontefe? Tai pobl eraill. Mae'n stori arall pan fo'ch cartref eich hun yn bair berw o newidiadau, hyd yn oed pan fo'n ail gartref.

Ta beth, meddai Merfyn, gan gymryd dracht o'r coffi yn y ffiol bolisteirin, fe ddaeth y gwaith i ben yn y diwedd ac fe gafodd Harri a finnau fodd i fyw wrth inni weithredu'n hegwyddorion ein hunain fel dylunwyr y Little Nest.

Yn y fan yma fe ddisgrifiodd Merfyn yr holl liwiau a'r celfi a'r deunydd a ddefnyddiwyd yn y tŷ mewn manylder graffig – gormod o fanylder i'm chwaeth i. I grynhoi ac i symleiddio, felly; roedd y lle yn foethus ac yn lliwgar iawn, yn gyfuniad o'r hen a'r newydd, yn union fel yr oedd Merfyn wedi'i ddychmygu cyn dechrau'r gwaith.

Ac fel hyn yr aeth yn ei flaen gyda'i stori –

Yn y diwedd penderfynodd Harri gadw'r casgliad o bwysau papur, hyd yn oed yr un gyda'r corryn mawr hyll ynddo, yn lle'u gwerthu. Dododd y cyfan ohonyn nhw ynghyd mewn cas gwydr, gan wneud arddangosfa fechan a oedd yn dipyn o ryfeddod. Er cof am Anti Mona, yn ôl Harri. Wedi'r cyfan fe fyddai'n bechod chwalu'r casgliad. Roedd yn fuddsoddiad hefyd, meddai.

Dwi'n cofio'r penwythnos cyntaf yn Little Nest ar ei newydd wedd. Roedd popeth fel pìn mewn papur ac yn gwynto o lendid a newydd-deb. Dim gwaith anorffenedig, dim olion adeiladwyr, dim bwcedi, dim paent, dim ysgolion. Roedd y lle yn lân ac yn olau a'r llofftydd i gyd yn barod ar gyfer ein hymwelwyr cyntaf, er nad oedden ni wedi penderfynu eto pwy fyddai'r rheini; naill ai fy mhlant i a'u partneriaid neu ffrindiau Harri. Ond y gwir amdani, ar y dechrau fel'na doedden ni ddim eisiau neb arall. Edrych ymlaen oedden ni'n dau at gael y lle i gyd i ni'n hunain ac ymlacio yno ar ôl dilyniant o wythnosau prysur a digon gofidus yn y brifddinas.

Fe gyrhaeddon ni ar y nos Wener, yn ôl ein harfer.

Ymlacio oedden ni yn lolfa Anti Mona, gan ledorwedd ar y soffa enfawr, y clustogau yn gymylau meddal o gyfforddus, gyda bobo sieri bach, wedi blino ar ddiwedd y daith hir o Lundain. Yn sydyn, o'r wal y tu cefn inni, disgynnodd y Richard Wilson i'r llawr gyda chlec mor ofnadwy fel y neidion i'n traed ni'n dau fel dau jac-yn-y-bocs, gan daflu'n gwydrau i'r awyr. Aeth y sieri i bobman.

Fe gymerodd rai munudau inni sylweddoli beth yn union oedd wedi digwydd. Safon ni yno, yng nghanol y stafell, y naill yn gafael am y llall, fel plant ar goll yn y goedwig.

Nace, nid bom oedd hi; na, doedd neb yn saethu arnon ni, a nace, nid daeargryn mohoni. Fe welson ni'r llun ar y llawr y tu ôl i'r soffa, y ffrâm wedi'i thorri yn bedwar darn a'r gwydr yn deilchion ar hyd y lle. Y darlun gwerthfawr, diolch i'r drefn, yn gyflawn.

Wedi inni edrych yn fanylach fe welson ni fod y cortyn wedi torri.

'Wedi pydru,' meddwn i. Ond taerodd Harri fod y cortyn yn un newydd. Roedd e wedi dodi cortyn newydd ar ôl i'r wal gael ei pheintio a symud y llun.

'Llygod wedi cnoi trwyddo,' meddwn i. Ond gwylltiodd Harri, llygod, llygod, llygod, dyna oedd f'esboniad i am bopeth. On'd oedd Rentokil wedi bod gyda ni dair gwaith yn barod?

'Ond mae llygod yn dod 'nôl,' meddwn i, 'wedi difa un genhedlaeth mae un arall yn dod yn ei lle.'

Beth oedd yr ateb, felly, roedd Harri yn moyn gwybod! Cath, awgrymais. Ond, ych-a-fi, oedd ymateb Harri, doedd e ddim yn siŵr beth oedd waetha, llygod ynteu cathod ar gelfi.

Doedd Harri ddim yn credu bod llygod yn cnoi cortyn fel'na, ta beth. Pam fasen nhw'n gwneud hynny? Doedd dim rhinwedd i'w gael mewn cortyn. Credai Harri fod rhywun rywsut wedi dod i mewn i'r tŷ a thorri'r cortyn o ran sbeit. Pwy? Honno oedd wedi bod yn ein poeni ni am y llyfrau a'r papurau.

Ymwelydd poenus o gyson yn ystod y broses o adfer yr hen le oedd Dr Gwenan Wyn Hopcyn. Allai hi ddim derbyn y ffaith ein bod ni wedi dodi'r hen ddogfennau i gyd ar dân mewn coelcerth. Galwai bob tro y gwelai'n car yn cyrraedd – roedd ganddi olygfa berffaith ar draws y pentre o'i ffermdy, Bryn Cul. Deuai i erfyn arnon ni i chwilio eto am unrhyw lythyr neu lyfrau a allai fod wedi goroesi'r tân. Yr hyn a alwai yn holocost. Ond deuai i'n gweld weithiau dim ond i'n ceryddu am ein 'hanfadwaith'.

Sut allai hi ddod mewn heb yn wybod inni a ninnau wedi gosod sawl larwm i amddiffyn pob drws a ffenestr, oedd yn dipyn o ddirgelwch i mi. Ar ben hynny, sut oedd modd iddi drefnu amseru'r cortyn i dorri wrth inni eistedd ar y soffa i gael ein sieri cynta?

Ni allai Harri esbonio hynny. Ond fe wyddai fod pethau od yn digwydd bob tro y deuen ni i sefyll yn Little Nest. Ac roedd e yn llygad ei le. Hyd yn oed pan oedd y llafurwyr yn gweithio ar y tŷ roedd pethau anesboniadwy wedi digwydd a rhai o'r gweithwyr wedi cwyno am glywed mwstwr rhyfedd, eu hoffer yn mynd ar goll, drysau a ffenestri yn agor ac yn cau.

Aeth Harri i'r siop yn y car. Esgus oedd hyn i gael hoe er mwyn i'r awyr glirio rhyngon ni. Doedd dim angen siopa wath fe ddaethon ni â digon o ddanteithion o Lundain y tro hwnnw ac roedd y rhewgell yn llawn.

Es i lan lofft a dadbacio ambell i beth. Gorweddais ar y gwely a rhaid fy mod i wedi cysgu. Dihunais yn sydyn pan glywais Harri yn y gegin. Es i'r stafell ymolchi i gael cawod – lle twt a chynnes ar ei newydd wedd. Clywais Harri yn dod lan y grisiau ac yn mynd i'n stafell ni ac wedyn yn cerdded ar hyd y landin ac yn mynd i stafell fechan yn y cefn roedd ef wedi'i neilltuo ar gyfer ei ymarferion ioga. Synhwyrwn ei fod yn dal i deimlo'n grac yn dilyn ein braw a'n ffrae fach.

Gwisgais a heb alw arno es i lawr i'r lolfa i wrando ar y radio am dipyn cyn mynd i'r gegin i ddechrau paratoi swper. Clywais

Harri yn dod mas o'r stafell ioga ac yn mynd i'n llofft ni i newid. Trois y radio ymlaen.

Yna, gwelais oleuadau car yn dod lan y twyn. 'O na!' meddyliwn, 'Gwenan Wyn eto.' Es i'r gegin i fod yn barod amdani, wath byddai hi wastad yn dod at y drws cefn. Ond agorodd y drws a daeth Harri i'r gegin. Os oedd e newydd ddod 'nôl yna pwy oedd lan lofft? Mae'n amlwg fod Harri wedi gweld fy mraw a'r penbleth ar fy wyneb.

Rhuthrais lan stâr, dau ris ar y tro. Teflais fy hunan i mewn i'n stafell ni. Neb. Es i o lofft i lofft, gyda Harri ar f'ôl i yn meddwl fy mod i wedi colli fy mhwyll. Neb. Pob stafell yn wag a phob ffenestr dan glo.

Wrth gwrs, roedd yn rhaid i mi ddweud y cyfan wrth Harri ac o ganlyniad roedd e'n llawn ofn am weddill y noson ac yn moyn mynd yn ôl yn syth i Lundain.

'Ble 'yn ni nawr?' gofynnodd Merfyn.

'Dwi ddim yn siŵr.'

'Faint o'r gloch yw hi, 'te?'

'Yn tynnu am hanner awr wedi naw.'

'Tipyn o ffordd i fynd 'to, 'te.'

Ar hynny daeth y ferch sombïaidd gyda'r troli eto, mewn ymgais arall i wthio ei nwyddau arnon ni. Ac er mawr syndod i mi cododd Merfyn ei law mewn arwydd 'Stop'. Dim rhagor. O'r diwedd, roedd ei fola'n llawn.

Y tro nesaf inni fynd i sefyll yn Little Nest daeth un o fy meibion o 'mhriodas gyntaf, Dendy a'i bartner ar y pryd, merch o'r enw Lucy ac un o ffrindiau mynwesol Harri, menyw o'r enw Avril McCreedy.

Cyn imi gwrdd â hi roedd Harri wedi sôn llawer am Avril. Roedd hi'n awdures, meddai, ac wedi cyhoeddi toreth o lyfrau.

'Am beth mae'n sgrifennu?' gofynnais. 'Am fwyd yn bennaf,' meddai Harri.

Roeddwn i'n gyfarwydd â'r teip. Mab neu ferch i newyddiadurwr adnabyddus a hwnnw neu honno – weithiau mae'r tad a'r fam, ill dau, yn newyddiadurwyr – yn tarddu o ddylwyth o newyddiadurwyr, heb iot o ddawn, heb unrhyw gymwysterau, heb ddiddordeb yn y byd, yn gofyn, 'Sut yn y byd ydw i'n mynd i ennill bywoliaeth?' A'r tad, neu'r fam, neu'r ddau yn awgrymu, 'Beth am newyddiaduraeth?' 'Ond does dim dawn 'da fi, dim cymwysterau, dim diddordebau!' A'r tad neu'r fam neu'r ddau yn dweud, 'Alli di sgrifennu am fwyd.' Un o'r rheina oedd Avril.

Honnai Avril ei bod hi'n seicic. Gwelsai ysbrydion, meddai hithau, ar sawl achlysur, a phan fyddai'r amodau yn ddelfrydol fe allai hi gyfathrebu â'r meirw. O'm rhan i doeddwn i ddim yn credu gair o'r rwtsh 'na. Syniad Harri oedd hi i wahodd Avril i weld a oedd ysbryd yn y tŷ, a phe bai un, i geisio dwyn perswâd arno neu arni i ymadael neu ynteu i'n gadael ni'n llonydd.

'Croeso, Avril,' meddwn i pan gyrhaeddodd, yn sgarffiau ac yn glustdlysau ac yn fodrwyau i gyd.

Aeth Harri â hi o stafell i stafell er mwyn dangos y lle iddi a chyda phob cam fe fyddai Avril yn 'synhwyro' pethau. Roedd hi'n oer yn y llecyn hwn (doedd y ffaith fod ffenestr agored wrth ei hochr o ddim diddordeb iddi), ac yn y llecyn penodol hwn roedd 'rhywbeth wedi digwydd', mewn man arall roedd hi'n 'cael' yr enw 'John', ac mewn man arall fe deimlai ryw dristwch ofnadw fel y sbonciodd y dagrau i'w llygaid. Wedi iddi weld y tŷ i gyd roedd Avril o'r farn bod ysbrydion i'w cael ymhobman. Toreth ohonyn nhw.

Yn fuan ar ei hôl hi cyrhaeddodd Dendy a Lucy. Cwestiwn cyntaf Dendy, yn anochel, oedd a oedd Jonty, ei frawd, yn sefyll dros y penwythnos. Er eu bod yn efeilliaid yr un ffunud, roedden nhw'n casáu'i gilydd fel Israel a Palesteina. Aethai pethau'n waeth yn ddiweddar wedi i Dendy ddechrau caru 'da Lucy a fu'n gariad i Jonty yn y lle cynta. Roedd y tyndra rhwng y brodyr yn un o gymhlethdodau mwya poenus a dyrys fy mywyd, ac roedd eu cadw ar wahân heb ddangos yr un rhithyn o ffafriaeth i'r naill na'r llall yn dipyn o gamp. Felly, yr ateb i gwestiwn Dendy oedd na, doedd Jonty ddim yn sefyll gyda ni. Fyddwn i ddim wedi gwahodd y Trydydd Rhyfel Byd i'n cartref newydd, ond, wrth lwc pan e-bostiais Jonty i drefnu iddo ddod i aros gyda ni yn Little Nest roedd e ar ei ffordd i Efrog Newydd am y mis. Wedyn fe allwn i ofyn i Dendy a Lucy ddod gyntaf gyda chydwybod lân. Roedd cadw'r gefeilliaid yn ddiddig rhywbeth yn debyg i ddawnsio ar raff dynn ar draws agendor enfawr.

Y prynhawn hwnnw fe ddiflannodd Dendy a Lucy i'w llofft i gnychu, am wn i. Treuliodd Harri ac Avril dipyn o amser yn yr ardd. Ac eithrio pisyn o dir a gliriwyd ar gyfer y goelcerth lyfrau roedd yr ardd yn anialwch o hyd, yn ddryswig o fieri a danadl poethion a chwyn a oedd yn dwyn Triffids John Wyndham i gof. Ond roedd gan Harri gynlluniau mawr ar ei chyfer a chan fod Avril, yn ogystal â bod yn seicic, yn gogydd o fri ac yn ddarlledwraig gyson ar Radio 4, yn awdurdod ar ddylunio gerddi, dyma gyfle iddyn nhw ddodi'u pennau ynghyd a dyfeisio gardd ysblennydd. Roedd Harri yn coleddu breuddwydion am ei Sissinghurst ei hun yn barod.

A dyma fy nghyfle innau i fynd am dro ar fy mhen fy hun a gwneud rhywbeth y bûm i'n bwriadu'i wneud ers i mi weld Cwmhwsmon gyntaf, sef edrych ar yr hen bentre bach marw.

Roedd y ffordd yn haws o lawer heb yr eira ond roedd hi'n dal yn serth. Safai rhai o'r tai gweigion ar lethr ond roedd y rhan fwyaf ohonyn nhw yn nes at yr afon a'r heol. Arweiniai'r heol i'r dde i'r pentre byw ac ymhellach ymlaen i Aberdyddgu, wrth gwrs; i'r chwith âi i'r gogledd. Arhosais i edrych yn fanylach ar un o'r tai ar yr ochr yma; un o'r tai mwya o blith yr adfeilion oedd hwn. Tŷ digon solet, ei waliau'n dal i fod yn gymharol gyflawn, y to a'r drysau a'r ffenestri wedi hen fynd. Es i drwy'r drws anweladwy a gallwn ddychmygu teulu mawr yn byw yma ar un adeg. Y gŵr ac un neu ddau o'r meibion yn gweithio yn y mwynglawdd, y wraig yn cadw tŷ a thipyn o dyddyn, dau neu dri o blant bach o gwmpas ei thraed.

Ymlaen â mi wedyn nes i mi gyrraedd calon yr hen bentre. Rhes o fythynnod bach yr ochr yma i'r heol a phob un bellach â'u waliau wedi'u llenwi â cherrig a sbwriel, darn o hen feic, poteli, tuniau, papurach.

Roedd hi'n hawdd dychmygu'r cymdogion yn byw yma; menywod weithiau'n ffrindiau, bryd arall yn dân ar groen ei gilydd, y plant yn chwarae, yn mynd i'r ysgol gyda'i gilydd, y dynion cryf, tawedog, blin a blinedig wedi diwrnod o lafur caled.

Croesais yr heol at y bythynnod eraill, ar wahân, a oedd yn nes at yr afon. Roedd modd gweld ymylon ffiniau'r gerddi a'r caeau a berthynai i'r adeiladau hyn, yn dal i'w hamgylchynu. Crwydrais o gwmpas tri o'r sgerbwd-gartrefi hyn, pob un yn consurio'i gyn-drigolion. Er mor hawdd oedd hi i'w darlunio yn y meddwl fel creaduriaid cyffredinol, dibersonoliaeth fe deimlwn beth tebyg i hiraeth i'w nabod nhw fel unigolion, pwy bynnag oedden nhw.

Heb wneud ymchwil a chyda'r nesaf peth i ddim gwybodaeth am hanes y cylch dyfalwn fod y bobl hyn wedi dod yma o ardaloedd cyfagos gan chwilio am waith pan agorwyd y mwynglawdd. Dros dro fe fu ffyniant. Roedd yma gapel (oedd yn dal i fod yn rhan o'r pentre byw), ysgol, siopau a chymdogaeth gyflawn. Afraid dweud fod yma garwriaethau, priodasau, genedigaethau, yn ogystal â gelyniaeth a thrasiedi.

Mwy na thebyg fe fu ambell ddamwain yn y mwynglawdd a marwolaethau anochel yn sgil henaint, salwch ac anffawd. Llofruddiaeth o bosibl, hunanladdiad siŵr o fod. Yna fe aeth pethau'n galed ac wedyn yn galetach. Doedd y mwynglawdd ddim yn llwyddiant wedi'r cyfan, Pwll-y-gwynt go iawn. Ni allai'r cwmni dalu'r dynion. Aeth y mwynglawdd i'r wal a'r pentrefwyr yn fethdalwyr. O un i un fe adawyd y bythynnod hyn yn wag. Fel yr oedden nhw hyd y diwrnod hwnnw.

'Wel, wel!' meddai'r llais digon cyfarwydd, gan dorri ar draws fy mreuddwydion liw dydd, 'yr hen fandal o Lundain. Beth y'ch chi'n neud yma? Chi'n meddwl prynu'r hen adfeilion hyn a chodi be? Archfarchnad? Ffatri? Casino?'

Yn yr awel wanwynol chwyrlïai gwallt coch Gwenan Wyn Hopcyn o amgylch ei hwyneb crwn gan greu'r argraff bod ei phen ar dân. A hwyrach ei bod hi ar dân am fy ngwaed innau.

'Wedi dod yma am dro ydw i,' meddwn i fel petawn i'n gorfod rhoi cyfri iddi am bopeth a wnawn, 'i ddysgu am y fro.'

'Wel peidiwch chi â meddwl gwneud dim â'r hen anheddau 'ma!' Fflachiodd ei llygaid gwyrdd. 'Does neb i fod i dwtsio nhw!'

'Chi'n meddwl pethe od amdana i. Dwi ddim mor gyfoethog â Croesus a nace rhyw filiwnydd dideimlad ydw i gyda chynlluniau i godi datblygiadau masnachol ymhob man.'

''Na'r union beth y basa dyn busnes yn ei ddweud!'

Doedd dim pwrpas treio dal pen rheswm â hi. Roedd hi wedi cofnodi f'enw yn ei Llyfr Bach Du fel Diafol Dinistriol a doedd dim yn mynd i newid ei meddwl.

'Ydych chi'n gwbod pwy oedd yn byw yn y tŷ hwn? Neu beth oedd enw'r tŷ efallai?'

'Ydw, ac ydw yw'r ateb i'r ddau gwestiwn ond 'swn i ddim yn rhoi'r atebion i chi.'

Ar hynny troes ar ei sawdl, lle roedd Jac y ci, a bant â hi i

gyfeiriad y pentre byw. Gan ei bod hi'n mynd i siop Beti, yn ôl
pob tebyg, dyna'r union le na fyddwn i'n mynd. Felly dringais
y bryn yn ôl i Little Nest.

Oedodd Merfyn am hoe gan edrych mas drwy ffenest y trên, er
nad oedd dim i'w weld ond tywyllwch a'n hadlewyrchiad ni yn y
gwydr. Roedd y lle yn dawel, doedd dim teithwyr eraill a setlodd
rhyw naws drist arnon ni. Ond, aeth Merfyn yn ei flaen gyda'i
stori.

Y noson honno penderfynodd Avril y dylen ni gynnal *séance*.
Doeddwn i ddim yn licio'r syniad o gwbl ond doedd dim ots
gan Avril; roedd hi wedi penderfynu y cawn ni *séance* ac felly
séance a gaem. Fel hyn roedd hi ynglŷn â'r ardd hefyd – ces i
adroddiad ar ei phenderfyniadau oddi wrth Harri – dywedodd
Avril ble yn union y bydden ni'n rhoi pafin a llwybrau, ble a beth
y bydden ni'n ei blannu ym mhob rhan o'r ardd, a beth oedd
yn gorfod mynd. Roedd hyn yn cynnwys hen dderwen nobl
roeddwn i'n meddwl y byd ohoni. Na, roedd rhaid ei rhwygo
oddi yno a phlannu bambŵ yn ei lle. Dim ots i mi ddadlau i'r
hen goeden fod yn tyfu yno ers canrifoedd. Gormod o gysgod,
meddai Avril, ac roedd Harri yn cyd-fynd â hi.

Cyn y *séance* aeth Harri ac Avril i'r gegin i baratoi swper.
Es i i'w helpu ond doeddwn i fawr o werth mewn gwirionedd,
rhaid cyfaddef, dim ond eu gwylio nhw ac estyn ambell beth
y gallwn i wneud. Avril oedd yn rheoli popeth. Wedi'r cyfan,
roedd hi'n gogyddes o fri, onid oedd hi?

Gan fod Lucy a Dendy (dan ddylanwad Lucy) yn llysieuwyr
fe baratôdd yr enwog gogyddes domatos wedi'u llenwi â chnau a
pherlysiau ynghyd â salad a chaws gafr. Ond yna, pan ymunodd
Dendy a Lucy â ni (wedi diwrnod trachwantus lan lofft) roedd
gan Lucy dipyn o ddatganiad.

Doedd hi ddim yn licio tomatos, yn wir roedden nhw'n hala ofn arni. Roedd ganddi ffobia yn eu cylch. Prin y gallai hi edrych ar domato.

Ategodd Dendy hynny. Roedd tomatos yn ei dychryn, meddai. Dyna gyd roedd e'n gorfod ei wneud oedd dweud bod tomato gyda fe yn ei law y tu ôl i'w gefn a byddai hi'n sgrechian.

Doedd hynny ddim yn broblem, meddai Harri. Gallen nhw dynnu'r stwffin ma's o'r tomato ac fe allai Lucy ei f'yta gyda bara.

Ond doedd hynny ddim yn plesio Lucy chwaith. Os oedd unrhyw fwyd wedi cyffwrdd â thomato ni allai hi ei f'yta, byth.

'Beth am gael y salad, 'te?' gofynnodd Avril.

'Oedd yna domatos ynddo?' Roedd rhaid i Lucy gael gwybod.

'Dim ond rhai bach crwn,' yn ôl Avril.

Ych-a-hi, dim salad i Lucy felly. Caeodd ei llygaid yn erbyn gwrthuni'r syniad o'r salad wedi'i lygru gan domatos.

Yna, ymhelaethodd Dendy; er ei fod ef a Lucy yn llysieuwyr doedden nhw ddim yn arbennig o hoff o lysiau fel y cyfryw a byddai'n well ganddyn nhw fynd heb y salad, felly.

Roedd hyn yn ormod i Avril. 'Pa fath o lysieuwyr oedden nhw, felly?' Y gadwyn a ddaliai'i sbectol yn crynu gan ddiffyg amynedd erbyn hyn.

Roedden nhw'n b'yta reis a phasta a chaws, meddai Lucy, ac wyau, wrth gwrs, a thatws.

Ac weithiau, os nad oedd dim byd gwell i gael bydden nhw'n b'yta pysgod, ychwanegodd Dendy.

Ac ambell waith, ond dim ond ambell waith, bydden nhw'n cael tamaid bach o gyw iâr, meddai Lucy.

Felly, ffrwydrodd Avril, ei bochgernau a'i thagell yn crynu gyda dirmyg, roedden nhw'n gigymwrthodwyr oedd yn b'yta cig.

Gwadodd Lucy hynny, dim byd gyda wyneb, meddai hi.

'Nag oes wynebau gan bysgod ac ieir?' gofynnais, yn ei chael hi'n beth od fy mod i'n ochri gydag Avril.

Doedden nhw ddim yn b'yta'u ffrindiau, meddai Dendy. Ac edrychais arno gan resynu bod addysg gostus wedi mynd lawr y twll.

Roedd hynny yn ormod i Harri hefyd. Doedden nhw ddim yn teimlo cweit mor gyfeillgar tuag at adar a chreaduriaid y môr, felly? Chwarddodd Avril nes iddi droi'n goch, rhywbeth yn debyg i domato yn wir.

Roedd Lucy yn fodlon cael tamaid bach o gaws a bara, 'na gyd, meddai, wedi pwdu. Ac roedd rhaid iddi hi a Dendy fynd i'r lolfa i f'yta gan na allai ddioddef gweld ni'n b'yta'r tomatos.

Doedd Harri ddim yn hapus gyda hynny; roedd yn gas ganddo feddwl am friwsion ar ei gelfi a'i garpedi newydd. Serch hynny, fe ddododd y bwyd neilltuol iddyn nhw ar hambwrdd ac enciliodd y pâr ifanc i'r lolfa.

Roedd y bwyd yn ddigon blasus, rhaid i mi ddweud, er taw dyn cig ydw i.

Ar ôl coffi daethon ni ynghyd eto yn lolfa Anti Mona ar gyfer y *séance* bondigrybwyll. Roedd pob un ond y fi yn llawn brwdfrydedd ac, ar ôl y dieithrwch ynghylch y tomatos, roedd Avril a Lucy yn sydyn yn ffrindiau pennaf.

Cliriwyd bord gron sylweddol (un o gelfi Anti Mona a gadwyd) a oedd yn ddelfrydol, yn ôl Avril, gogyfer *séance*, a'i symud i ganol y stafell. Tynnwyd y llenni a diffoddwyd y golau trydan i gyd a chynheuwyd un gannwyll a'i dodi i sefyll mewn canhwyllbren arian ar ganol y ford.

Wedi inni gyd eistedd mewn cylch o gwmpas y ford yn y gwyll, roeddwn i'n disgwyl y bydden ni'n gorfod dal dwylo ac i Avril ofyn oedd Rhywun Yno? Ond aeth pawb yn dawel ac eisteddon ni'n ddisgwylgar fel'na am sbel hir. Roedd hyn i mi yn ddiflas ac roeddwn i'n dechrau blino gyda'r nonsens pan suddodd pen Avril fel petai hi'n pendwmpian.

Barn Harri oedd ei bod hi wedi mynd i berlewyg. Wyddwn i ddim ei fod e'n awdurdod ar y pethau hyn.

Arhosodd Avril fel'na am yr hyn a deimlai i mi fel hydoedd a bu ond y dim i mi godi i fynd i'r lolfa arall i wrando ar y radio. Yna, yn ddirybudd, dyma Avril yn dechrau mwmian yn isel.

Yn ôl Harri roedd hi'n siarad â llais gŵr.

Gofynnodd Lucy pwy oedd hi. Gwyddai pawb ond y fi beth i'w wneud yn y sefyllfa od hon.

'George,' meddai Avril.

'George pwy?' gofynnodd Dendy. Dim ateb.

'Beth yw d'oedran?' gofynnodd Lucy. Dim ateb

'Ble oeddet ti'n byw?' gofynnodd Harri, oeddet ti'n byw yma?

Amneidiodd Avril.

'Pryd?' gofynnodd Lucy. Dim ateb.

'Pa flwyddyn?' gofynnodd Dendy. Dim ateb.

Gofynnodd Harri oedd e wedi'i gladdu ym mynwent y capel yn y pentre. Amnaid arall gan Avril.

'Oes teulu 'da ti?' Amnaid arall.

'Plant? Sawl un?' gofynnodd Lucy.

Dywedodd Avril rywbeth ond roedd hi'n b'yta'r geiriau fel nad oedd modd bod yn siŵr beth roedd hi'n ei ddweud. Roedd Harri o'r farn iddi ddweud tri. Chwech yn ôl Lucy. Roedd Dendy ar y llaw arall yn sicr taw un oedd hi wedi'i ddweud. Doedd dim clem 'da fi.

Ar ôl hynny roedd hi fel godro gwaed carreg ac er gwaetha'r

holl holi a stilio ni chafwyd gair na sŵn arall gan Avril – neu 'George' yn hytrach, am yr awr nesaf.

Yna, yn sydyn, dyma Avril yn tagu ac yn bwldagu ac yn poeri.

Dod mas o'i pherlewyg roedd hi, meddai Harri yn hollwybodus, ac aeth yntau i'r gegin i ôl dŵr iddi. A dyna ddiwedd y *séance*. Ac roedd pob un o'r farn iddo fod yn llwyddiant aruthrol. Honnai Avril nad oedd hi'n cofio dim.

Aeth Lucy a Dendy ati i lunio rhestr o'r ffeithiau a gasglwyd.

Dyn o'r enw George, o'r pentre hwn a fu farw yn sydyn yn ganol oed yn y bedwaredd ganrif ar bymtheg, neu ynteu ddechrau'r ugeinfed ganrif, yn dad i un neu dri neu chwech o blant, wedi'i gladdu yn y fynwent ar bwys y capel.

Rhaid imi gyfaddef 'mod i heb sylwi ar y rhan fwyaf o'r wybodaeth yn ystod y *séance* neu bod y lleill wedi canfod y manylion hyn drwy ddirgel ffyrdd, neu drwy 'ddarllen rhwng y llinellau', neu drwy eu dyfeisio eu hunain.

Roedd pawb wedi blino wedyn ond yn awyddus i ymweld â'r fynwent drannoeth. Felly aethon ni i'n gwelyau. A chysgais i'n rhwydd. Wedi'r cyfan, on'd oeddwn i wedi gyrru'r holl ffordd o Lundain ac wedi ymweld â'r pentre marw a goroesi swper anghydfod y tomatos a *séance*? A fi oedd yr olaf i gwnnu'r bore wedyn, roedd hyd yn oed Dendy a Lucy wedi ymysgwyd eu hunain o'u gwely o 'mlaen i.

Roedden nhw i gyd yn mynd i fynwent y capel, datganodd Harri, dim 'bore da' hyd yn oed. Roedden nhw'n mynd i chwilio am 'George'.

'Pob lwc,' meddyliwn i, ond wnes i ddim dweud hynny. Roedd yn rhaid i mi fynd gyda nhw, wrth gwrs. Ches i ddim amser i gael dim mwy na disgled o goffi llugoer a thamaid o dost sych a ymdebygai i ddarn o garped.

Tyrrodd pob un ohonom i mewn i'r *four by four* gyda Harri yn gyrru a bant â ni i'r pentre byw lle safai'r hen gapel ar ymyl y cylch gyda'i gae o feddau.

Afraid dweud fod yna ar y mwya o feddfeini er cof am rywun â'r enw bedydd George. Daethon ni o hyd i naw ohonynt yn ddidrafferth o fewn cwta ugain munud o fynd trwy glwydi'r gladdfa. Taerai Avril taw George Jones 1848–1897 oedd yr un y chwiliem amdano. Safai hithau uwchben y bedd hwn, ei llygaid ynghau, ei sgarffiau amryliw yn chwythu o'i chwmpas yn yr awel foreol, mewn ymgais i gyfathrebu â George Jones.

Yna, gwaeddodd Dendy, beth am hwn?

A rhaid i mi gyfaddef pan ddarllenais

George Moffat
Lluest Ucha
1856-1903

aeth ias oer drwy fy nghorff.

Hwn oedd yr un iawn, yn ôl Avril gan lwyr anghofio am y bedd arall a chan ddechrau'i dewiniaeth o'r newydd. Gwaeddodd ar George Moffat a'i orchymyn i fynd i mewn i'r goleuni – ei dwylo uwch ei phen fel derwydd mewn gwisg fraith.

Esboniodd Lucy ei bod hi'n annog yr ysbryd i basio o'r tir neb rhwng bywyd a marwolaeth ac i fynd draw i'r deimensiwn arall. Roedd dweud hyn yn gwbl ddiangen. Wedi'r cyfan, rydyn ni i gyd wedi gweld y ffilmiau a'r cyfresi teledu lle mae'n rhaid cael ysbryd aflonydd i fynd i'r goleuni. Roedd y dramâu hyn yn amlwg yn ddylanwad mawr ar Avril. Weithiau, eglurodd Lucy ymhellach, nid yw'r meirw yn deall eu bod nhw wedi marw. Ar wahân i'r tawtoleg roedd hyn i mi yn nonsens chwerthinllyd. Nid oedd y meirw yn deall hynny am y rheswm syml eu bod nhw wedi marw – doedden nhw'n deall dim, wath does ganddyn nhw mo'r aperatws i ddeall. Dyna beth yw marwolaeth. Ond unwaith yn rhagor wnes i ddim mynegi fy marn. 'Ys da dant rhag tafod,' fel oedd Mam yn arfer dweud.

Ond os oedd George Moffat Lluest Ucha yn perthyn i Anti Mona, yna yn amlwg, roedd e'n perthyn i minnau. Yn ôl pob tebyg un o'i ddisgynyddion ef oeddwn i. Yn sydyn roedd gan y Lluest Ucha a Chwmhwsmon wedd newydd yn fy mhen. Pa mor hir y bu ein teulu ni yn byw yn y cwm hwn? Pa mor hir oedd y Lluest Ucha neu'r Little Nest, yn hytrach, wedi bod yn perthyn i'r Moffatiaid? Tra bod Avril wrthi yn difyrru'r lleill gyda'i sioe a'i chastiau, es i am dro ar fy mhen fy hun i chwilio am aelodau eraill y tylwyth. Ac o fewn dim, a heb ymdrech o gwbl, cefais sawl un. Margaret Moffat, Joseph Moffat, Isaac Moffat. Moffatiaid rif y gwlith. Moffatiaid a fu farw mewn gwth o oedran ac eraill a dorrwyd i lawr ym mlodau'u dyddiau (yma rwy'n adleisio'r geiriad ar un o'r cerrig mwsoglyd).

A daeth awydd arna i i ddodi'r enwau hyn ynghyd er mwyn gwneud synnwyr ohonyn nhw. Sut oedden nhw'n perthyn i'w gilydd, pwy oedd pwy? A sut oedden nhw'n perthyn i mi? Teimlwn eu bod nhw'n galw arna i.

Merfyn! Torrodd llais Harri ar draws fy myfyrdod ac roedd y gwahaniaeth rhwng ei lais ef ac iaith yr hen gerri beddau hyn fel cyllell. Ond roedden nhw wedi cwblhau'u defodau ac ar frys i fynd.

Ar ein ffordd mas o'r fynwent sylwais ar fedd cymharol newydd. Dyna lle roedd Anti Mona wedi'i chladdu. Doedd gan neb arall ddiddordeb.

A gerllaw ei bedd hi safai cofgolofn hirdal, denau, wen ac arni'r geiriau, yr enwau a'r dyddiadau hyn:

Dafydd James Moffat 1919-1939
John Robert Moffat 1920-1941
Edward Moffat 1922-1944

Meibion Lluest Ucha

'Eu henwau'n perarogli sydd
A'u hun mor dawel yw.'

Yn y car roedd pawb yn llawn edmygedd o lwyddiant Avril ac yn canmol y ffordd roedd hi wedi tywys yr ysbryd at y golau fel y gallai ymadael.

Roedd Avril yn ffyddiog na chaen ni fwy o broblemau yn y Little Nest a datganodd hynny gyda rhyw hunanfodlonrwydd blonegog.

Ond, wrth edrych yn ôl nawr, rwy'n sylweddoli i mi gael rhyw fath o droedigaeth yn y fynwent 'na. Roedd hi'n drobwynt yn fy mywyd. Pan aethon ni'n ôl i'r Little Nest yr unig ddiddordeb oedd 'da fi oedd dysgu mwy am fy nheulu ac am fy ngwlad, yn wir.

Aeth Harri ac Avril i'r gegin i baratoi gwledd ysblennydd drwy gyfuno'u holl wybodaeth ynghylch *haute cuisine* (nad oedd mor *haute* â hynny mewn gwirionedd) ac aeth Dendy a Lucy lan lofft i wneud dwn i ddim be. Byddwn i wedi bod yn ddigon hapus gyda chaws ar dost. Roeddwn i'n awyddus i ddechrau ymchwilio i'r hanes ond roedd hynny yn amhosibl, wath doedd dim un llyfr yn y tŷ, ac afraid ailadrodd bod Mam ac Anti Mona wedi mynd, a finnau heb achub ar y cyfle i'w holi pan oedden nhw'n fyw.

Un person a allai fod o gymorth i mi oedd Dr Gwenan Wyn Hopcyn ond ofnwn fod yr elyniaeth rhyngom ni wedi codi fel wal ddiadlam bellach.

Bob tro y deuen ni i'r Little Nest gadawen ni bob cyfrifiadur ar ein hôl yn Llundain, fel arall fydden ni ddim yn cael unrhyw lonydd. Roedd gan bob un ohonon ni ei smartffôn a'i dabled, ond fel dwi wedi'i ddweud yn barod, doedd dim un o'r rheini yn gweithio ar ôl inni groesi'r bryn i Gwmhwsmon. Felly doedd dim modd gwglo dim. Teimlwn yn rhwystredig.

Yna, sylweddolais fod y lleisiau yn y gegin yn codi'n uwch bob yn dipyn. Es i weld beth oedd yn bod. Roedd anghytundeb mawr wedi codi rhwng Avril a Harri ynghylch sut i garameleiddio winwns. Ac roedd pethau yn dechrau poethi pan ganodd y ffôn. Diolch am yr hen linyn daearol wedi'r cyfan. Es i'w ateb.

Doeddwn i ddim yn disgwyl clywed llais Jonty. Ffonio o Lundain oedd e. Aeth e ddim i Efrog Newydd wedi'r cwbl. Pan ofynnais pam, dywedodd ei bod yn rhy gymhleth i esbonio dros y ffôn. Tybed a allai ddod i sefyll gyda fi a Harri?

Roedd hyn yn lletchwith ond doedd dim modd osgoi'r gwirionedd. Dywedais fod ei frawd yn aros gyda ni ar y pryd, gyda Lucy. Roedd clec y ffôn bron digon i 'myddaru.

Erbyn hyn aethai'r gweiddi yn y gegin mor uchel a ffyrnig nes i'r mwstwr ddeffro nid y meirw ond Dendy a Lucy o'u mabolgampau carwriaethol.

Wrth iddyn nhw ddod lawr y grisiau yn y broses o wisgo eglurais fod rhyfel cartref wedi torri mas ynghylch sut i ffrio winwns. Aethon ni'n tri i'r parlwr i aros am gadoediad.

Dywedais wrth Dendy (yn y ffordd fwyaf ddiplomatig ag y gallwn) fod Jonty newydd ffonio a'i fod yn danfon ei gariad ato ef a Lucy.

Aeth Lucy i'r gegin yn y gobaith o weithredu fel llysgennad heddwch. Teimlwn yn chwithig a theimlai Dendy yr un mor lletchwith. Dyna ni'n dau ar ein pennau'n hunain heb yr un gair i'w ddweud y naill wrth y llall. Tad a mab.

A dyna pryd clywson ni i gyd sŵn lan lofft. Sŵn wylo. Crio

uchel annaearol. Daeth y ffrae i ben yn y gegin fel petai rhywun wedi'i diffodd gyda switsh. Aeth fy ngwaed yn oer yn fy nghorff. Roedd wyneb Dendy yn wyn fel y galchen a rhedodd Harri a'r merched aton ni yn y parlwr. Roedd Dendy a finnau wedi'n dychryn cymaint â nhw, ond mae'r rheol anysgrifenedig yn gweud na chaiff dyn ddangos ei ofn, yn enwedig o flaen merched (yn yr amgylchiadau hyn roedd Harri yn cyfri fel merch). Ac fel mae'r rheolau yn mynd ymlaen i ddweud, er gwaetha sawl cenhedlaeth o ffeministiaeth ers y *suffragettes*, roedd disgwyl i ni'r dynion ac nid y menywod fynd lan lofft i chwilio achos y llefain.

Ces i waith caled i ddringo'r grisiau wath roedd fy nghoesau yn jeli, er i mi wneud sioe i beidio â dangos hynny. Ac er bod Dendy y tu ôl i mi yn cymryd arno fod yn *superhero* o flaen Lucy, roedd yntau'r un mor ofnus â finnau – gallwn glywed ei ddannedd yn clecian.

Ond, wrth gwrs, pan aethon ni i'r llofftydd, o un i un, a'r ddwy stafell ymolchi, ac ar ôl edrych ym mhob wardrob a chwpwrdd a gweld bod pob ffenest wedi'i chau'n sownd ar y tu fewn, a chael dim o'i le, ni laciodd ein hofnau. I'r gwrthwyneb roedd pob un ohonon ni wedi clywed y beichio wylo. Ac os nad oedd yno neb, yna pwy wylodd?

Aethon ni'n ôl i'r parlwr gan sicrhau'r lleill nad oedd neb lan lofft.

Ond wedyn roedd yn rhaid i mi fynd 'nôl lan i ôl dillad a chesys Avril, wath roedd honno wedi mynd i eistedd yn ei char yn barod i fynd. Roedd hi'n pallu sefyll munud arall.

Ffarwelion ni ag Avril a bant â hi yn ei *Volvo* gwyrdd fel cath i gythraul, parth â Llundain.

Ie, fe ddywedodd Merfyn 'fel cath i gythraul'. Roedd fel petai fod ei Gymraeg yn gwella wrth iddo fynd ymlaen â'i stori.

Yn ogystal â chywiro'i iaith a chyfieithu cyfraniadau Harri, Dendy, Avril a'r lleill, yn ôl yr angen, bûm yn golygu stori Merfyn mewn ffordd arall. Rhwng ei ymweliadau â'r Lluest Ucha roedd ganddo ddigon i'w ddweud am ei fywyd a'i waith yn Llundain, a oedd yn ymwneud yn bennaf â'i gysylltiadau ag enwogion bychain y ddinas honno. Rwy wedi hepgor y rhannau hyn gan eu bod yn brin o ddiddordeb i mi.

Stopiodd y trên eto yn y tywyllwch heb yr un gair o eglurhad. Doedd ein ffonau symudol ddim yn derbyn signal a rhaid i mi gyfaddef, heb gwmni Merfyn byddwn i wedi danto'n llwyr.

Aethon ni ddim yn agos at y Little Nest am dipyn ar ôl hynny, fis neu ddau o bosib. Cyn ei adael y tro hwnna cawsai Harri ateb i gerdyn roedd e wedi'i ddodi yn y siop yn y pentre yn hysbysebu am rywun i gadw llygad ar bethau a gwneud tipyn o waith ll'nau ac i awyru'r lle yn awr ac yn y man. Canodd y ffôn ychydig oriau cyn ein bwriad i ymadael. Daeth menyw o'r pentre i'n gweld ni.

Doedd Harri ddim yn siŵr y gallen ni ymddiried mewn dieithryn. Roedd e'n dal i fod yn amheus o'r pentrefwyr yn gyffredinol.

Yn ôl Dendy, pan aeth ef a Lucy i'r dafarn y noson o'r blaen troes y rhan fwyaf ohonyn nhw i siarad Cymraeg.

Ond dywedais innau doedd dim rhaid inni boeni gormod wath doedden ni ddim yn gadael dim byd gwerthfawr iawn yn y Little Nest, dim arian, dim cyfrifiaduron.

'Beth am lun Richard Wilson? Beth am y celfi? Beth am y pwysau papur?' gofynnodd Harri.

Pe bai rhywbeth fel'na yn mynd ar goll bydden ni'n gwybod pwy i'w feio. Ta beth, meddwn i, allwn i ddim gweld neb yn mynd lawr y twyn 'na â dresel ar ei gefn.

Yn ddiweddarach cyrhaeddodd Maisie Evans yn ei hen *Datsun* a edrychai fel rhywbeth oedd yn cael ei gadw ynghyd gan fandiau rwber a glud. Roedd hi'n byw yn y pentre, meddai, roedd ganddi bedwar o blant dan chwech oed – ond byddai'i mam yn eu gwarchod pan ddeuai i l'nau'r tŷ – roedd hi'n gyfarwydd iawn â'r Lluest Ucha am ei bod wedi ll'nau i Miss Moffat ac weithiau wedi mynd i'r pentre i ôl neges iddi ac roedd ei gŵr, Bob, yn arfer gwneud peth gwaith yn yr ardd iddi a tasen ni'n dymuno fe allai wneud yr un peth i ni. Dywedodd hyn i gyd ar un gwynt. Roedd ein telerau yn ffafriol iddi, meddai, ac fe fyddai'n falch o'r gwaith.

Gallwn i weld fod cysgod o ddrwgdybiaeth yn pasio dros wyneb Harri. Ond roedd y cyfle i gael rhywun i l'nau a garddwr ar yr un pryd yn rhy wych i'w golli. Ac er bod Harri wedi ymbaratoi i fargeinio nid oedd Maisie wedi cwestiynu'r cynnig cyntaf, felly roedd hi'n rhad, ac fel pob un sy'n dod o gefndir cefnog roedd cael rhywbeth am y pris isaf posib yn rhoi rhyw wefr anghyffredin i Harri.

Ar ôl i'r ddau ysgwyd llaw rhoes Harri allwedd sbâr i Maisie a dywedais i –

'Diolch yn fawr, edrychwn ni ymlaen at eich gweld chi tro nesa.'

Wedi iddi ymadael sylwais fod Harri, Dendy a Lucy yn rhythu arna i yn syn. Doedden nhw ddim wedi 'nghlywed yn siarad cymaint o'r iaith o'r blaen.

Aeth rhyw ddau fis a mwy, efallai, heibio cyn inni ymweld â'r Little Nest eto. A'r tro hwn daeth Jonty i sefyll gyda ni. A Lucy eto. Er mawr syndod i ni. Roedd hi wedi ymadael â Dendy ac wedi mynd yn ôl at Jonty. Gair annigonol i ddisgrifio'r sefyllfa yw 'cymhleth'.

Roedd yr hen le fel pìn mewn papur. Dim llwch, dim gwe corynnod, dim arlliw o damprwydd. Roedd hi'n amlwg bod Maisie yn fenyw gydwybodol iawn a buodd ei gŵr wrthi hefyd, gan dorri'n ôl peth o'r gordyfiant yn yr ardd a lladd gwair y lawntydd. Roedd Harri wrth ei fodd gyda'u gwaith nhw.

A hithau'n fis Mai roedd y tywydd o'n plaid y tro hwn. Llifai'r heulwen drwy'r ffenestri llydan newydd ac roedd y lle yn gynnes ac yn gyfforddus. Ac am y tro cyntaf, efallai, fe deimlen ni'n gartrefol yno.

Buan mae rhywun yn anghofio am sŵn llefain anesboniadwy a chlociau yn torri ar ôl ychydig wythnosau ym mwrlwm Llundain.

Yn ôl ein harfer fe gyrhaeddon nos Wener ac erbyn bore Sadwrn roedd y Little Nest yn bictiwr o hen aelwyd gyfarwydd gyda llestri a chylchgronau a dillad ar hyd y lle – annibendod bywyd beunyddiol fel petai'n datgan 'yma rydyn ni'n byw'.

Aethon ni i Aberdyddgu yn y prynhawn i siopa a phiciais i mewn i'r amgueddfa fach leol ar fy mhen fy hun, pan ges i gyfle, yn y gobaith o ddysgu rhywbeth am Gwmhwsmon a'i fwynglawdd, ac o bosib, am y Moffatiaid. Ches i ddim am y tylwyth – roedd hynny'n gofyn gormod, mae'n debyg – ond fe godais ddau bamffledyn, un ar hanes y gwaith plwm, a'r llall am y pentre.

Yn y prynhawn daethon ni'n ôl i'r Little Nest ac ar ôl cinio aeth Harri a Jonty a Lucy am dro. Ymesgusodais drwy ddweud fy mod yn flinedig ar ôl gyrru ddoe, a ches i fy ngadael ar fy mhen fy hun. Es i lolfa Anti Mona a gorwedd ar y soffa i astudio'r llyfrynnau. Ces i sioc o weld ambell hen hen lun du a gwyn o'r pentre marw yn fyw. Dyna'r adfeilion a'u trigolion yn eu dydd, toeau ar ben y tai, pren yn y drysau, ffenestri a llenni y tu ôl iddynt, ambell i ardd fechan â blodau ynddi. Ces i fy nghyfareddu gan y lluniau hyn. Creffais ar y wynebau mewn ymdrech daer i ddod i nabod y cymdogion diflanedig. O'r lluniau y mwyaf hudolus oedd un o blant yr ysgol fach – sy'n dal i sefyll yn y pentre byw, ond nad yw'n ysgol mwyach ond yn dŷ haf ysblennydd – llun a dynnwyd yn 1906. Dwy res ohonynt yn eistedd yn blant bach da ar feinciau o flaen yr ysgol. Yn eu dillad ysgol Sul, rhubanau yng ngwallt y merched, rhaniadau yng ngwallt y bechgyn, dau athro, dyn ifanc yn sefyll ar y chwith ar ben y rhes a menyw ifanc ar y dde. Neb yn gwenu. Pob un â'i lygaid ar y teclyn dieithr o'u blaenau – y camera. A oedd rhai o'm perthnasau yn eu plith, tybed?

Yn anochel, fe es i bendwmpian a chael fy nihuno gan ddrws y gegin yn cael ei agor. Harri wedi blino cerdded, mwy na thebyg – a gweud y gwir roeddwn i'n synnu'i fod e wedi ymuno â'r lleill yn y lle cyntaf, wath doedd yn fawr o gerddwr ac er ei fod yn honni bod yn arddwr doedd ganddo gynnig i natur.

'Harri?' galwais arno, 'Dere i edrych ar yr hen luniau 'ma.' Dim ateb.

Yna, fe glywais rywbeth yn cael ei lusgo o'r gegin ar hyd y pasej ac nid sŵn llusgo sych mohono ond sŵn llithrig, llysnafeddog ac roedd y sŵn yn dod yn nes, yn nes, at ddrws lolfa Anti Mona. Ystyriais agor un o'r ffenestri a neidio mas, ond prin y gallwn symud. Doedd dim dewis ond rheoli'r ofn a wynebu beth bynnag oedd yn dod tuag ataf.

Yna, fe glywais leisiau a drws y gegin yn agor eto a sŵn digamsyniol Harri, Jonty, Lucy, yn glebar i gyd.

Gweiddais arnynt i beidio â dod mewn, bod rhywbeth yn y pasej. Ond ofer oedd fy rhybuddion; cyn i mi orffen fy mrawddeg dyna lle'r oedden nhw ill tri yn sefyll yn nrws y lolfa, yn syllu arna i. Roeddwn i'n wyn fel papur, medden nhw.

Ymwrolais a chodi a mynd i edrych yn y pasej. Doedd dim byd yno, oes eisiau dweud?

'Breuddwydio o'n i,' meddwn wrth 'yn hunan yn ogystal â'i roi fel esgus iddyn nhw. Ac roedd yr esboniad yn wir, mwy na thebyg. Pendwmpian wnes i a rhyw fath o hanner hunllef a greodd y sŵn.

Wedi dweud hynny, am weddill y dydd roedd rhyw deimlad anghynnes gyda fi. Teimlwn fod rhywbeth yn rhywle yn llercian yn y tŷ, ac weithiau ces i'r teimlad cryf fod rhywbeth yn fy ngwylio. Teimlwn yn arbennig o anghyfforddus yn y pasej.

Roeddwn i'n falch pan aethon ni i gyd i'r sinema fach yn Aberdyddgu. Comedi oedd hi ond gwnaeth y ffilm cyn lleied o argraff arnaf fel nad wyf i'n cofio'i theitl, na pha actorion oedd ynddi, na beth oedd y stori. Ond am y tro roeddwn i'n rhydd o'r hen dŷ. Y tu allan i ddalgylch fy mhryderon. Ond yna, ar y ffordd yn ôl – Harri oedd yn gyrru – wrth inni ddynesu at y Little Nest tyfodd f'ofnau. Bu ond y dim i mi weiddi ar Harri i droi trwyn y car fel y gallen ni fynd i sefyll mewn gwesty dros nos. Ond yn fy meddwl fe geisiais i ddal pen rheswm â mi fy hun. 'Mae hyn yn afresymol, 'chan. Ddigwyddodd dim byd o gwbl ond yn dy feddwl di. Ti'n ymddwyn fel crwtyn bach sy'n pallu diffodd y golau rhag ofn i'r bwci bo ddod mas yn y tywyllwch.'

Ac yn wir, y noson honno fe aethon ni gyd i'n gwelyau a chysgu'n sownd. Pob un ohonon ni. Minnau hefyd. Dim smic o sŵn yn ystod y nos. Dim hunllefau. O ganlyniad, wrth i mi gwnnu yn y bore fe deimlwn yn hollol wahanol tuag at y tŷ unwaith yn rhagor a rhyfeddu at fy ffolineb.

Y fi, fel arfer, oedd y cyntaf i gwnnu – dwi'n dioddef gan anhunedd fel rheol – a chan ei bod yn fore braf cefais ddarn o dost a menyn a sudd oren a mynd mas i'r ardd. Fe fyddai'n lle hyfryd unwaith y byddai Harri wedi cael rheolaeth arni gyda help Bob. Roedd ganddo gynlluniau mawr ar gyfer yr ardd, ei gynlluniau gwreiddiol ei hun. Ni fyddai'n defnyddio dim un o awgrymiadau Avril. Doedd e ddim wedi cysylltu â hi ers y penwythnos trychinebus hwnnw. Eisteddais ar yr unig fainc oedd yno, hen fainc, gan fwynhau'r bore a'r brecwast ysgafn. Gallwn edrych lawr dros olion yr hen bentre. Y waliau bellach yn debyg i gynlluniau gogyfer tai. Od fel nad oedd neb wedi prynu'r hen adfeilion hyn a chodi tai newydd yn eu lle. Pentre gwyliau bendigedig.

Rhaid bod 'na reswm pam na chafodd y tai eu prynu. Rhesymau cyfreithiol ynghylch perchnogaeth y darnau hyn o dir, mae'n debyg.

Mor dawel oedd hi'r bore hwnnw, mor wahanol i Lundain. Roeddwn i wrth fy modd. Edrychwn ymlaen at weddill yr haf pan gaen ni ddod yma i sefyll am rai wythnosau, a chael profi bywyd go iawn yma yn lle seibiant byr.

Sylwais ar rywun neu rywbeth yn sefyll yn un o'r adfeilion. Ffigur mawr, anghyffredin o dal. Yna ymunodd Harri a Jonty a Lucy â mi.

Daeth rhyw gyhoeddiad dros y system sain oedd bron â bod yn annealladwy ar y naill law ac yn fyddarol o uchel ar y llall. Bloeddiodd y llais ryw neges fecanyddol a chasglodd Merfyn a finnau fod y llefarydd amhersonol yn ymddiheuro ar ran y cwmni trenau am yr oedi ac am ryw 'resymau technegol' amhenodol fe fyddai'r trên yn hwyr iawn – er bod cymaint â hynny yn gwbl amlwg inni – a'u bod yn gobeithio ailgychwyn cyn bo hir. Ac yna gydag ymddiheuriad arall distawodd y llais.

Roedd naws ryfedd ein sefyllfa yn peri pryder imi weithiau. Dyna lle roedden ni yn y trên, ar grog mewn gwagle, a'r tywyllwch yn cau amdanom, yn ein hamgylchynu gyda'i ddinodedd a llais dibersonoliaeth yn dod aton ni o nunlle, yn cynnig gwybodaeth annealladwy o bryd i'w gilydd ond yn gweud dim mewn gwirionedd. Ac roedd y gwyll dudew o'n cwmpas yn ddiwaelod, yn anhreiddiadwy, fel petai.

Anogais Merfyn i fynd ymlaen â'i stori, dyna'r unig realiti i mi bellach. Ar y pryd, dim ond trwy'i stori ef roeddwn i'n byw.

Rhyfedd fel mae naratif rhywun arall yn gallu disodli hunaniaeth dros dro. Nid oedd rhaid ei berswadio i barhau.

Man a man i mi ddod at yr haf, felly. Daeth Harri a finnau i'r Little Nest ein hunain y tro hwn. Roedden ni wedi gwahodd sawl un i ddod i sefyll gyda ni ond roedd pob un yn mynd dramor. Nid bod ots gyda ni, mewn gwirionedd. Edrych ymlaen oedden ni i gael y Little Nest i ni'n hunain. Am dipyn, o leiaf. Roedd merch Harri o'i briodas gyntaf, Seroca a'i chrwtyn hithau, Cosmo, yn bwriadu dod aton ni yn nes ymlaen (roedd Seroca yn hynod o niwlog ynghylch y dyddiad). Yn ôl Harri roedd Seroca yn poeni y byddai pawb yng Nghwmhwsmon yn siarad dim ond Cymraeg. Chwarddodd Harri gan esbonio bod y rhan fwyaf o bobl y pentre wedi symud yno o Birmingham a bod pob un o'r 'brodorion' yn gallu siarad Saesneg yn iawn, beth bynnag, er bod ambell un o'r hen ffermwyr yn anodd ei ddeall, ond go brin y byddai hi, Seroca a Cosmo yn gorfod delio â'r rheina.

Yn wir, fe ofynnodd Harri i mi siarad â Maisie Evans dros y ffôn, gan nad oedd e'n gallu dilyn ei hacen hi yn iawn, a threfnu i'w gŵr ddod i weithio ar yr ardd, pan fyddai'n gyfleus iddo, dan gyfarwyddyd Harri. Siaradais â Maisie yn Gymraeg. Teimlwn yn falch. Rhyfedd fel roedd hen iaith ein plentyndod ni yn llifo'n ôl i mi ac fel petai yn f'adfeddiannu o'r newydd. Deuai hen eiriau ac ymadroddion anghofiedig nad oeddwn i wedi'u defnyddio ers degawdau i'm tafod ac atgyfodi rhannau o'm hymennydd fel petai. Digon herciog oeddwn i ar y dechrau, ond bob yn dipyn bach roedd hi'n dod yn rhwyddach wrth i mi fagu hyder a dechrau teimlo'n gartrefol unwaith eto.

Am y tro cyntaf, efallai, dyma fi'n gwerthfawrogi'r hyn a adawsai Anti Mona i mi. Nid y tŷ yn unig ond y cysylltiad â

Chymru. Oni bai amdani mae'n debyg y byddwn i wedi colli pob perthynas â'r wlad a'r iaith yn llwyr yn y pen draw.

Pan ymddangosodd Bob Evans y prynhawn hwnnw, yn ei gap a'i hen ddillad brethyn a'i fwtsias yn gaglau i gyd, teimlai Harri a finnau ei fod yn ormod o was ffarm i fod yn wir; yn was ffarm mewn drama, fel petai. Eto i gyd, dyma fe, y peth go iawn. Bachgen cefn gwlad, yn gyhyrau ac yn fochau cochion i gyd ac yn barod i weithio. A chwarae teg i Harri, roedd Saesneg yn ail iaith i hwn ac ni allwn i ddeall ond bob yn ail air o'i Gymraeg. Ond boi digon hoffus oedd e, a rhyngon fe lwyddon ni i gyfleu beth oedd eisiau. Palu yma, clirio ochr draw, tocio a llosgi. Roedd Harri wrth ei fodd yn ei 'ordro o gwmpas' ac yntau mor barod i ufuddhau. Fe allai Bob ddod bob dydd Sadwrn am y dydd ac ar ddydd Iau yn y prynhawn. Am weddill yr wythnos roedd e'n gweithio ar ffarm Gwyn Wyn Hopcyn, gŵr Gwenan, fel y deellais yn nes ymlaen. Roedd e'n treulio gweddill yr wythnos gyda'r wraig a'r plant, meddai. Ond pa weddill o'r wythnos oedd ar gael i hwn, ys gwn i?

O fewn mater o ddyddiau, felly, fe setlodd ein bywydau i ryw fath o batrwm; dihuno'n hwyr (chwech o'r gloch yn f'achos i, hanner wedi un ar ddeg yn achos Harri nad oedd anhunedd yn rhan o'i eirfa), brecwast hamddenol; treuliai Harri ddechrau'i ddiwrnod yn yr ardd ac awn innau i'r pentre, yna i Aberdyddgu i gael neges ac weithiau i'r amgueddfa yno i ddysgu mwy am y fro a'i hanes. Ond ar brydiau teimlwn fy mod i'n troi yn f'unfan parthed y prosiect hwn. Doedd dim diddordeb gyda fi yn hanes mwyngloddiau arian a phlwm gorllewin Cymru, neu dim llawer o ddiddordeb ynddo ta beth. Fy niddordeb i oedd y pentre marw a'i gymuned. Eisiau gwybod oeddwn i pwy oedden nhw, eisiau gwybod eu storïau personol. Prin iawn oedd y llyfrau a allai roi atebion i gwestiynau mor amhenodol â'r rhain.

Ddwy flynedd yn ôl doedd Cwmhwsmon na'r cysylltiad teuluol â'r lle yn golygu dim i mi, yn sydyn nawr roedd y pentre a pherthynas f'hynafiaid ag ef o ddirfawr bwys i mi. Ac yn rhyfedd iawn ni theimlwn fod y gorffennol yn bell i ffwrdd na'r tu hwnt i'm gafael o gwbl. I'r gwrthwyneb. Yng Nghwmhwsmon ei hun, ac yn enwedig yn y pentre marw – a dyna oedd y gwir Gwmhwsmon i mi – ac wrth gwrs, yn y Little Nest, roedd y gorffennol yn f'amgylchynu, fel petai, bron na allwn i gyffwrdd ag ef. Ac yn aml synhwyrwn fysedd y gorffennol yn ymestyn ac yn cyffwrdd â mi.

Mynegais bryder, pryder a fu yn fy nghorddi, taw camsyniad oedd inni newid enw'r hen le. Ond dywedodd Harri yr union beth roeddwn i'n disgwyl iddo ddweud – na fyddai'n ffrindiau'n gallu ynganu 'Lluest Ucha'. Yn wir, ni allai Harri'i ddweud – Clŵest Ŵca oedd yn dod mas. Ond, fe geisiais i egluro taw hen enw oedd e, rhan o'r ardal, rhan o'i hanes. Ni allai Harri weld pam oedd hynny yn bwysig. Roedd hi'n bwysig i'r pentrefwyr, meddwn i. Roedden nhw'n dal i gyfeirio at y lle fel y Lluest Ucha, er inni ddodi'r Little Nest ar y glwyd ac ar y drws ffrynt. Ond, roedd hi'n rhy hwyr bellach, yn ôl Harri, wath roedden ni wedi hysbysu'r swyddfa bost am yr enw newydd, prin y gallen ni roi gwybod iddyn nhw'n bod ni wedi mynd yn ôl i'r hen enw. Doeddwn i ddim yn poeni am swyddfa'r bost. Awgrymais y gallen ni ddodi'r ddau enw ar y tŷ – Lluest Ucha/Little Nest. Abswrd, oedd ymateb Harri. Fel Abertawe/Swansea, Ynys Môn/ Anglesey, meddwn. Ac ar ôl iddo ystyried fy nadl, er gwaetha'i gyndynrwydd, fe gydsyniodd Harri â mi.

Mentrai Harri a finnau i'r dafarn ambell waith, Y Brenin. Teimlai Harri yn anghyfforddus yno gan fod criw bach yn siarad iaith nad oedd ef yn ei ddeall. Teimlwn innau'n anghyfforddus hefyd fel dieithryn, fel crwtyn o'r de, fel dyn o'r ddinas ac fel gŵr dosbarth canol. Ond wedi dweud hynny roeddwn i'n awyddus i fagu cysylltiadau â thrigolion y cylch. A bob yn dipyn fe agorodd y drysau trosiadol inni. Roedd Bob a Maisie yn mynychu'r dafarn, weithiau, a Beti o'r siop, a Gwenan a Gwyn Wyn Hopcyn o bryd i'w gilydd – er doedd hynny ddim yn fanteisiol i mi, gan eu bod yn dal i fod yn amheus ohono i. Bob yn dipyn fe ddaethon ni i nabod nifer o'r rhai oedd wedi dod i'r ardal i fyw, fel ninnau. Rhai fel Claude a Jilly Luckhurst oedd yn byw yn Cheltenham, ond oedd â byngalo yn y pentre byw, ar gyfer eu gwyliau ac ambell benwythnos. Dywedodd Jilly ei bod hi wedi darllen rhai o erthyglau Harri yn *House and Garden*. Roedd Harri wrth ei fodd, bron na allech chi weld ei ben yn chwyddo. Banciwr oedd Claude, ar fin ymddeol ac yn ystyried gwerthu'r tŷ mawr yn Cheltenham a dod i Gwmhwsmon i fyw yn barhaol.

Felly, o dipyn i beth, roedd cylch ein cydnabod yn ehangu.

Yna daeth Seroca a Cosmo i sefyll gyda ni. Pan briododd Harri â Corinne, mam Seroca, roedden nhw'n ifanc iawn. Roedd Corinne yn disgwyl pan briodon nhw.

Yma rwy'n mynd i dorri ar draws Merfyn er mwyn crynhoi holl hanes ei briodasau ef a Harri, gan iddo fynd ymlaen yn hirfaith a manylu ynghylch rhinweddau a gwendidau pob un o'u partneriaid. Yn fyr felly: roedd Merfyn a'i wraig gyntaf Katie yn eu harddegau pan briodon nhw (efe yn bedair ar bymtheg, hyhi yn ddwy ar bymtheg ac yn feichiog ar y pryd). Katie oedd mam Dendy a Jonty, a Merfyn oedd y tad. Anaeddfedrwydd oedd dechrau a diwedd eu perthynas, yn ôl Merfyn (afraid dweud, ches i mo ochr Katie i'r stori). Roedd ei ail wraig, Monique, merch o'r Swistir, yn egsotig. Gyda hon fe gafodd blentyn arall, Nicole, neu Nici fel y'i hadweinid. Ond yn y pen draw ei hegsotigrwydd oedd wrth wraidd eu tor-priodas. Roedden nhw'n rhy anghymharus, yn rhy wahanol i'w gilydd, yn ôl Merfyn (afraid dweud eto, dim ond ei fersiwn ef a gefais, ac allwn i ddim peidio â meddwl bod y ffaith ei fod yn hoyw yn elfen ym methiant ei berthynas â'i ddwy wraig). Anaml y gwelai Merfyn Nici nawr, gan ei bod hi a'i mam yn byw yn Canada. Yna fe gyfarfu ef a Harri, ill dau wedi ymddedfrydu i beidio â phriodi byth eto. Ond roedden nhw'n rhannu'r un diddordebau, roedden nhw'n gweld lygad yn llygad â'i gilydd. Roedd eu carwriaeth yn amhosibl i'w gwrthsefyll, meddai Merfyn.

Yna cefais beth o hanes Harri. Bu yntau mewn priodas anfoddhaol. Roedd Corinne yn lesbiad. Er ei fod ef yn hoyw a hithau'n lesbiad ganed Seroca iddynt. Roedd Seroca yn naw pan gafodd Harri a Corinne ysgariad (roedden nhw'n dal i fod yn ffrindiau mawr) ac i bob pwrpas magodd Harri Seroca fel tad sengl, gan redeg ei siop *antiques* ac ysgrifennu ambell i erthygl ar gyfer amryw gylchgronau.

Yna rhoes Merfyn ychydig o hanes Seroca. Yn ddeunaw oedd roedd hi'n drawiadol o hardd a gweithiai fel model o dro i dro. Fe gwympodd dyn cefnog iawn mewn cariad â hi – roedd Archie yn tynnu am ei hanner cant oed ar y pryd a hithau yn ei hugeiniau cynnar. Roedd Harri yn erbyn y briodas o'r dechrau ond roedd Seroca yn ferch benstiff. Priododd ac o fewn dwy flynedd ganed Cosmo. Yn fuan wedyn blinodd Archie arni gan ei fod wedi cwympo mewn cariad â merch arall, deunaw oed. Derbyniodd Seroca yr ysgariad ar delerau ffafriol iawn iddi hi a'i phlentyn. Doedd dim rhaid i Seroca boeni am gael y ddeupen llinyn ynghyd. Anfonwyd Cosmo i ysgol fonedd ddrud iawn.

Dyna, yn gryno, holl hanes priodasau teulu amlhaenog Merfyn a Harri hyd y cofiaf a hyd y gallwn ei ddilyn. A dyma ni yn ailafael yn ei stori.

Roedd Harri, yn ddigon naturiol, yn hynod o falch o weld ei ferch a'i ŵyr. Ond rhwng ti a fi roedd y naill, Seroca, yn codi'r dincod arna i, a'r llall, Cosmo, yn dân ar fy nghroen. Ond wiw i mi ddatgelu fy ngwir deimladau i Harri. I ryw raddau roedd modd osgoi Seroca gan ei bod hi a Harri yn treulio oriau gyda'i gilydd yn cloncian, yn mynd i'r dre i edrych ar ddillad, yn paratoi bwyd, yn trafod cynlluniau'r ardd. Yn wir roedden nhw'n anwahanadwy, bron, ac yn debycach i ddwy chwaer na thad a merch. Roedd hyn yn gadael Mab y Diafol â gormod o amser ar ei ddwylo a llawer gormod o ryddid yn fy marn i. Ac yn anffodus nid oedd modd ei gloi mewn caets neu'i gadwyno mewn dwnsiwn tywyll, gan fod yna gyfreithiau afresymol o lym yn erbyn trin plant fel'na. Ac fel cath sy'n cael ei denu tuag at berson sy'n casáu cathod, roedd Cosmo wrth ei fodd yn fy nghwmni i ac yn fy nilyn fel cynffon i bob man. Pe bawn i'n mynd i'r gegin fe ddeuai Cosmo i'r gegin. Pe bawn i'n encilio i ryw gornel i ddarllen fe ddeuai Cosmo â chloch ym mhob dant ar f'ôl i. Pe bawn i'n mynd i'r ardd, yno fyddai Cosmo hefyd. Credwn fod ganddo radar neu sat nav a allai synhwyro ble yn union oeddwn i ar unrhyw adeg. Ac nid plentyn diddig difyr a dymunol mohono eithr yn naw mlwydd hollwybodus, llafar, aflonydd. Doedd y Gymdeithas er Atal Creulondeb i Blant ddim wedi cwrdd â Cosmo.

Un tro es i'r stafell ymolchi lan lofft gan gloi'r drws ar f'ôl, yn y gobaith o ddianc rhag y cythraul. Ond dyma fe'n dod ac yn cicio'r drws a gweiddi gofyn pa mor hir fyddwn i yno. 'Pam?' gofynnais i. Roedd yntau'n gorfod defnyddio'r tŷ bach. 'Roedd yna stafell ymolchi arall i gael a thoiled lawr llawr,' meddwn i. Ond cicio'r drws wnaeth e eto. Roedd e'n *bored*, meddai. Ei hoff air. Awgrymais ei fod e'n mynd i chwarae gyda matsys a phetrol. Ha ha, meddai, a dal ati i gicio'r drws.

Yn y diwedd roedd yn rhaid i mi ddod mas er mwyn tagu'r cnaf.

Doedd e, meddai, ddim yn nabod neb oedd yn arfer bod mor hir â mi yn y stafell ymolchi. Mae pobl hŷn yn cymryd mwy o amser, meddwn. Ac wrth gwrs roedd Cosmo eisiau gwybod pam oedd hen bobl yn gorfod bod mor hir. 'Hŷn,' meddwn i, 'wnes i ddim gweud hen.' Roedd Cosmo eisiau gwybod, wedyn, sawl blwyddyn fyddai fe'n gorfod byw i gyrraedd f'oedran i, wrth fy nilyn lawr stâr i'r gegin, yn fy holi a 'mhoeni bob cam. 'Pwy sy'n dweud y cei di fyw blwyddyn arall?' gofynnais.

Ac fel'na oedd e drwy'r amser, yn ddraenen yn f'ystlys. A Harri a Seroca yn meddwl ein bod ni'n ffrindiau pennaf. 'Beth oeddwn i'n mynd i'w wneud nawr?' Roeddwn i'n mynd i eistedd yn llonydd yno yn y lolfa a darllen fy llyfr. A byddai fe, meddwn i, yn mynd i chwarae ar ei ben ei hun yn rhywle a chael damwain ddifrifol, os oedd yna dduw a wrandawai ar weddïau. Roeddwn i'n *boring*, meddai, ond roedd e'n pallu gadael. Eisteddai yno yn syllu arna i. Daliwn fy llyfr o flaen f'wyneb fel na allwn ei weld. Treiddiai'i lygaid trwy'r llyfr. Awgrymais ei fod e'n mynd am dro i'r hen adfeilion lawr y twyn. Ond roedd ei fam wedi'i rybuddio y gallai adfeilion fod yn beryglus. Dywedais i fod yna dyllau mawr ar ôl y mwynglawdd, siafftiau diwaelod, meddwn i, ac awgrymu eto ei fod e'n mynd am dro ar ymyl rheina. Roedd e'n ofni y byddai rhyw ddieithryn yn ei gipio. Basen nhw'n dod â fe'n ôl o fewn yr awr, meddwn i. Saib. Claddais fy nhrwyn yn ddwfn yn y llyfr yn y gobaith y byddai'r diawl yn diflasu ar fy nghwmni a mynd rhywle arall, i chwarae ar ei ben ei hun neu i boeni'i fam a'i dad-cu.

Ar hynny ymddangosodd Harri a Seroca, fel petaen nhw wedi darllen fy meddwl, wedi gweld y llygedyn o obaith a lerciai yno ac wedi dod yn unswydd er mwyn diffodd ei olau gwan.

Roedden nhw'n mynd i Aberdyddgu yn y car i siopa. A ddymunai Cosmo fynd gyda nhw? (Cer, Cosmo, cer!) Nac oedd, roedd Cosmo'n moyn sefyll yno gyda Merfyn. Iawn, meddai Seroca gan addo peidio â bod yn rhy hir. A gyda'r gair yna cusanodd y plentyn ar ei dalcen. Wel, gwyn y gwêl ac yn y blaen, roedd mam Hitler yn caru'i mab, yn ôl pob sôn. A chyn y gallwn i feddwl am wrthwynebiad, bant â nhw. A doedd 'dim yn hir' ddim yn golygu'r un peth yn eu hiaith nhw, gan nad oedd yr un gwerth i amser pan fyddai Harri a Seroca yn mynd i siopa gyda'i gilydd. Felly, dyna lle'r oeddwn i ar fy mhen fy hun gyda Beelsibwb am y prynhawn.

Dyma pryd y dywedodd Cosmo fod synhwyrydd metal gyda fe. A heb yn wybod iddo dyma fe'n cynnig drws gwaredigaeth i mi! Pam lai? Dyna gyfle i mi archwilio'r hen dai yn fanwl fel roeddwn i wedi bwriadu'i wneud ers imi ddod i Gwmhwsmon gyntaf. A gallen ni fynd i gael golwg ar yr hen fwynglawdd. Hei lwc fe fyddai Cosmo bach yn cwympo lawr un o'r hen siafftiau. Felly dyma ni'n dau yn paratoi i fynd.

Aeth Cosmo i ôl ei declyn canfod metal a phâl fach flaenllym. Gwisgais siaced a bwtsias, wath roedd hi'n glos a chymylog gyda gwlybaniaeth ynddi hi, yn gaddo taran a mellt, efallai. A bant â ni, gyda Cosmo'n clebran yn ddi-baid yr holl ffordd. Siarad oedd e am y teclyn a'r pethau roedd e wedi'u canfod gydag ef yn barod, am ei ffrindiau ysgol, am ei dad, ymlaen ac ymlaen, yn un stribed o eiriau Saesneg. Pan gyrhaeddon ni y bwthyn cyntaf roeddwn i'n falch o gael esgus i dorri ar draws y llifeiriant a dweud bod yr hen waliau anghyflawn wedi bod yn gartref braf ar un adeg. Roedd Cosmo yn moyn gwybod pwy oedd yn byw yn y lle hwn. Roeddwn innau eisiau gwybod yr un peth. Dywedais fod rhai yn gweithio yn yr hen bwll plwm man'na, a dyna'r cyfan a wyddwn i amdanyn nhw.

Dywedodd Cosmo y bydden ni'n gorfod dweud pe baen ni'n dod o hyd i unrhyw drysor. Dyna'r rheol, meddai, wedi iddo ddechrau defnyddio'i gyfarpar yn ddeheuig ar hyd llawr yr hen dŷ. Efallai y caen ni hen swllt neu ddau neu ddimai, meddwn, gan ofyn iddo oedd e'n gwybod beth oedd swllt a dimai. Wrth gwrs roedd e'n gwybod, meddai gyda dirmyg. Cwestiwn twp. Wedi'r cyfan roedd Mr Gwybod-Popeth yn gwybod popeth, yn naturiol.

Wedi dweud hynny fe aeth yr oriau nesaf yn ddiddig iawn. Meilórd yn canolbwyntio'n llwyr ar ei dasg o ganfod trysor – ac felly, yn dawel am unwaith – a finnau'n gadael i'm meddwl grwydro rhwng y tai. Roedd tipyn o waith cerdded rhwng rhai ohonyn nhw hefyd. Ac eithrio'r rhes o fythynnod ynghlwm wrth ei gilydd, digon gwasgaredig ar hyd y pant oedd gweddillion yr hen anheddau.

Yn sydyn daeth hi'n ddiwetydd arnon ni a ninnau heb ddarganfod dim ond darnau o fetal diwerth ac anodd eu disgrifio. Roedden ni wedi crwydro mewn cylch a doedd Cosmo ddim wedi diflannu lawr un o'r tyllau wrth inni ymweld â'r hen bwll. A dyma ni'n dod at un o'r tai olaf yn y cylch a'r un agosaf at y Lluest Ucha'i hun. Hwn oedd gyda'r tai mwyaf yn ei bryd. Dyna'r diwethaf am y dydd, meddwn i wrth y crwtyn wrth inni gamu o fewn ffiniau'r wal a arferai gynnwys gardd y tŷ. Roedd Cosmo yn siomedig a phwdodd am nad oedd e wedi canfod dim o ddiddordeb. Wel, roedd e'n bownd o bwdu'n hwyr neu'n hwyrach. Gan ei anwybyddu'n llwyr cerddais i mewn drwy'r bwlch lle buasai'r drws ffrynt, i mewn i weddillion y parlwr. Dyna lle oedd olion y lle tân o hyd – yr aelwyd. Yn ôl pob golwg fe fu yna ddwy stafell arall ar y llawr a thair llofft. Lle digon sylweddol i fod yn gartref i deulu mawr. Pwy oedden nhw? Pwy oedd wedi eistedd o bobtu'r lle tân yna? Ond doedd dim byd o werth yn y tŷ hwn, dim yn yr ardd chwaith, meddai Arglwydd Caernarfon, ac yntau wedi bod trwyddo yn barod gyda'i offeryn. Beth am yr ardd gefn? Awgrymais, roedd pobl yn arfer gwneud mwy yn yr ardd gefn nag yn yr ardd ffrynt yn yr hen ddyddiau. Aeth yn ei flaen trwy'r tŷ i'r ardd gefn heb arlliw o barch. Ond, chwarae teg iddo, roedden ni'n dau yn dechrau blino a mwy na thebyg roedd ei dad-cu a'i fam yn dechrau poeni amdano.

Yna fe ddechreuodd y teclyn sgrechian blipian. Oedd, o'r diwedd, roedd e wedi synhwyro rhywbeth yn agos at wal gefn y tŷ, ddim yn bell o'r drws cefn. Felly dyma Cosmo yn dechrau palu'n daer. Er iddo fynd yn gymharol ddwfn roedd y teclyn yn dal i blipian ac roedd hi'n waith caled i'r crwtyn fynd yn ddyfnach, gan fod y llawr mor garegog yn y llecyn hwnnw. Felly, doedd dim dewis ond i'w helpu, nac oedd? Palu a phalu wnes i nes bod y twll yn mynd lawr bron i ddwy droedfedd, yna dwy droedfedd a hanner, tair troedfedd, nes fy mod i wedi blino. Roeddwn i wedi cael digon. Ond roedd yr archaeolegydd bach yn mynnu fy mod i'n mynd lawr tamaid bach ymhellach eto, roedden ni bron yno. Doeddwn i ddim mor hoff o'r gair 'ni' yn y cyd-destun hwn, wath taw y fi oedd yn gwneud y gwaith caib a rhaw i gyd – yn llythrennol.

Yna, dyma ymyl y bâl yn taro rhywbeth digamsyniol o fetalaidd. Roedd Cosmo erbyn hyn yn torri'i fol am gael gwybod beth oedd e. Ond roedd y gwrthrych yn sownd. Wel, ar ôl palu mwy a chryn dipyn o dynnu a chrafu a chicio fe ddaeth 'y peth' o'r twll. Er ei fod ag ychydig o rwd arno mewn mannau, roedd ei gyflwr yn rhyfeddol o dda. Yn syml, tun hir sgwâr, tua naw modfedd ei hyd a chwe modfedd ei led oedd e. Ac wedi inni glirio'r baw a'r pridd i ffwrdd gallen ni weld bod geiriau wedi'u printio arno mewn llythrennau coch. Ni allai Cosmo'u darllen. Fe aeth ias oer lawr fy nghefn i weld 'Steal not. Touch not. Open not'. Fe wnes i fy ngorau i ddehongli'r geiriau er bod yr iaith ysgrifenedig, ffurfiol yn ddieithr i mi. Doedd Cosmo ddim yn deall pam na allwn i ddweud yn syth beth oedd y llythrennau'n feddwl. Roeddwn i'n dechrau colli amynedd gyda'r crwtyn eto. Dywedais fy mod i'n credu nad oedden ni fod i dwtsio'r bocs, na mynd ag ef oddi yno, na'i agor. Ond, doedd Cosmo ddim am wrando, roedd e'n ysu i gael agor y tun, roedd e'n sicr ei fod yn llawn darnau aur. Ysgydwais y bocs ond doedd dim sŵn unrhyw fetal ynddo. Arian papur! Map, efallai! Roedd pen Cosmo yn pingo gyda syniadau, yn gyffro i gyd. Ond beth am y rhybuddion ar y tun? Wel, roedd hi'n rhy ddiweddar, meddai'r crwtyn, gyda rhesymeg rhywun ymhell y tu hwnt i'w oedran. Doedd bygythiad y gorchmynion ddim yn ei boeni o gwbl nac yn mynd i'w rwystro rhag cael gweld cynnwys y tun. Gan ein bod ni wedi'i ddatgladdu, man a man inni'i agor oedd barn bendant Cosmo.

Ac erbyn hyn roedd awydd wedi codi ynof innau weld ei gynnwys. Wedi'r cyfan, pwy sy'n gallu gwrthsefyll y demtasiwn o agor bocs â'r geiriau 'Open not' mewn llythrennau mawr coch ar draws ei glawr? Felly, fe geisiais dynnu'r caead i ffwrdd ond doedd dim symud ohono. Cipiodd Cosmo'r bocs o'm dwylo a cheisio ei agor gyda blaen y bâl. Doedd dim yn tycio.

Roedd hi'n bryd inni'i throi hi am y Little Nest ta beth, meddwn i, a ffeindiwn ni rywbeth i'w agor yno, siŵr o fod, cyllell neu siswrn neu rywbeth. A bant â ni.

'Ble yn y byd oedden ni wedi bod?', gofynnodd Harri wrth inni gamu drwy'r drws cefn i'r gegin. Roedden nhw'n dechrau pryderu amdanon ni, meddai Seroca. Doedden nhw ddim yn poeni amdana i, poeni am y crwtyn oedden nhw.

Rhuthrodd hwnnw am y drâr, gafael mewn cyllell ac yna dododd y bocs ar ford y gegin. Gorfododd flaen y gyllell dan ymyl clawr y bocs a chyda sŵn cracio fe ddaeth y top rhwdlyd i ffwrdd oddi wrth y gwaelod. Ymunodd Harri a Seroca gyda fi i weld beth oedd Cosmo wedi'i ddatgelu.

Yn gorwedd yn y bocs, fel tywysoges yn aros i gael ei dihuno o'i swyngwsg gan gusan, oedd dol hynod o denau a chywrain ei gwneuthuriad rhyw wyth modfedd ei hyd. Ond nid dol gyffredin mohoni, nid tegan plentyn; roedd hon yn amlwg wedi'i seilio ar lun person go iawn o gig a gwaed. Pren oedd ei deunydd ond roedd ei hwyneb a'i dwylo wedi'u peintio mewn arddull naturiol iawn. Ar ei thrwyn roedd yna sbectol ag ymyl aur; roedd ei llygaid a'i thrwyn ychydig yn gam, yn union fel y mae wynebau'r rhan fwyaf ohonom. Mewn geiriau eraill, copïwyd yr amherffeithrwydd yma o'r peth byw, fel petai. Yn wir, roedd hi'n debycach i bortread neu gerflun yn hytrach na dol. Edmygodd Harri a Seroca fanylder ei hamrannau, ei gwefusau, ei hewinedd, ac wrth gwrs, ei dillad oedd yn berffaith gywir: y botymau, pocedi, y pwythau, y coler a'r sgidiau bychain a chareiau ynddynt. Barnai Harri fod ei dillad yn dyddio o'r un naw pedwar neu'r pumdegau.

Cododd Cosmo'r ddol o'r bocs a chraffu arni ac yna ei rhoi i Seroca. Ar ôl iddi ei hastudio rhoes Seroca'r ddol i Harri ac ar ôl ei dro ef ces i gyfle i edrych arni yn iawn fy hunan.

Roedd Cosmo yn siomedig nad oedd trysor yn y blwch. Pam oedd yr holl rybuddion 'na ar y clawr a dim ynddo ond hen ddol? Pam ei chladdu?

Sylwais fod rhywbeth yn gyfarwydd amdani, ces i deimlad o *déjà vu* pan welais y ddol. Teimlwn fy mod i wedi'i gweld rywle o'r blaen. Ac yna, yn sydyn, roeddwn i'n ei hadnabod. Mona Moffat yn ei thridegau neu'i phedwardegau oedd hi, yn ddigamsyniol.

Adroddodd Cosmo ein holl antur amser swper y noson honno a chofnodi pob manylyn am y prynhawn gyda'r synhwyrydd metal, ymhlith yr adfeilion, a gwnaeth hynny gyda manwl-gywirdeb nodweddiadol o grwtyn naw mlwydd, gan fy ngorfodi i ail-fyw'r cyfan. Ond roedd arddeliad ei fonolog yn ddifyrrwch gwell na'r teledu i'w fam a'i dad-cu addolgar.

Aethon ni gyd i'n gwelyau'r noson honno wedi blino'n lân.

Cafodd pob un ohonom ein deffro yn oriau mân y bore gan sgrech annaearol o stafell Cosmo. Roedd Seroca a Harri yno o 'mlaen i. Cyrhaeddais ychydig yn ddiweddarach ar ôl i mi wisgo'n slipanau, fy ngŵn nos a brwsio 'ngwallt. Ond chwarae teg i'r crwtyn roedd e wedi'i ddychryn am ei fywyd a'i wyneb fel yr eira.

Roedd e wedi dihuno gefn trymedd nos, meddai, ac yn sefyll wrth erchwyn ei wely oedd hen fenyw. Roedd hi'n anghyffredin o dal a thenau a chefnsyth. Roedd ei gwallt wedi'i dynnu'n ôl yn dynn i gocyn crwn ar ei phen. Roedd ei dillad i gyd yn ddu ac roedd ei thrwyn yn fain ac roedd golwg gas yn ei llygaid y tu ôl i'w sbectol hanner lleuad. Yn ei llaw chwith roedd hi'n dal pelen wydr â chorryn mawr ynddi.

Gwnaeth Seroca a Harri eu gorau glas i'w gysuro. Ond roedd e'n pallu aros yn y stafell honno ac yn wir doedd dim gobaith i'w gael i gysgu eto. O'r oedolyn-o-flaen-ei-amser hunandybus a fu'n ddraenen yn f'ystlys drwy'r prynhawn, roedd e wedi'i drawsffurfio'n faban bach, dagreuol, ofnus. Gwisgodd ei ddillad a mynnu mynd lawr i'r gegin. Roedd e'n moyn pacio a mynd y funud honno (gan ddwyn i gof ffoedigaeth Avril) ond llwyddodd Seroca i ddwyn perswâd arno i aros tan y bore. Câi gysgu gyda hi'r noson honno. Amser brecwast, safodd Harri a finnau yn y gegin i gadw cwmni iddyn nhw. Roedd y crwtyn ar bigau'r drain – prin y gallai eistedd, yn wir, ac roedd y smic lleia o sŵn yn ddigon i'w ddychryn o'r newydd.

Pan ddaeth y pelydryn cyntaf o olau'r wawr – ac wrth gwrs fe ddaeth hwnnw'n fore a hithau'n haf – roedd Cosmo yn crefu am ymadael. Gadawodd i'w fam gael tamaid ond roedd ef ei hun yn pallu b'yta dim.

Ar ôl inni ffarwelio â nhw tua saith o'r gloch roeddwn i'n barod i fynd yn ôl i'r cwm plu gan fy mod wedi blino'n gortyn. Ond roedd Harri yn moyn gwybod os oeddwn i wedi gwneud rhywbeth neu wedi dweud rhywbeth i ddychryn y crwtyn. Allwn i ddim credu'i fod e'n fy nghyhuddo o'r fath beth. Pam faswn i'n gwneud peth fel'na? Oherwydd doeddwn i erioed wedi licio Cosmo, meddai Harri. Allwn i ddim gwadu hynny, ond roedden ni'n dod ymlaen fel hen lawiau yn y pentre marw gyda'r synhwyrydd metal. Ond roedd Harri yn dal i'n amau o fod wedi hala ofn ar y plentyn drwy ddweud rhyw story arswydus wrtho, rhoi syniad yn ei ben. Petaswn i wedi'i ddychryn, meddwn i, y peth cyntaf basa fe wedi'i wneud wedyn fasa dweud wrth ei fam, hen fabi mam fel'na. Ond gwelodd Harri hynny fel rhagor o dystiolaeth o'r ffaith nad oeddwn i'n licio Cosmo.

Doeddwn i ddim yn mynd i gymryd arna i 'mod i'n dwli arno, heb ymhelaethu roeddwn i'n casáu'r diawl bach, ond faswn i byth yn gwneud dim i boeni plentyn. Ond roedd Harri yn dal i edrych arna i yn ddrwgdybus. Oedd e wir yn credu 'mod i wedi gwisgo lan fel hen fenyw a mynd i stafell Cosmo er mwyn ei ddychryn am ei fywyd? Roeddwn i'n cysgu'n sownd wrth ei ochr ef, Harri, pan gawson ni'n deffro gan sgrech plentyn.

Aethon ni'n ôl i'r gwely ond troes Harri'i gefn arna i a gorwedd gan wynebu'r wal. Trois fy nghefn arno ef a gorwedd y ffordd arall. Roeddwn i'n synnu braidd i weld y ddol yn sefyll ar y gist ddillad o dan y ffenest. Rhaid bod Harri wedi'i dodi man'na, neu Seroca o bosib cyn ymadael. Ond pam? Roeddwn i'n rhy flinedig ac yn rhy flin i holi Harri. Cysgais yn sownd eto.

Yna, yn y bore wrth i mi ddihuno roedd rhywbeth yn fy mhoeni. Sut oedd Cosmo wedi disgrifio Anti Mona i'r dim? Wedi'r cyfan dyna'r fenyw roedd e wedi'i gweld yn ei stafell. Doedd dim un llun ohoni i'w gael yn y lle – yn wir, hyd y gwyddwn i doedd dim un ffotograff ohoni i'w gael yn unman – ac yn sicr doeddwn i ddim wedi'i disgrifio hi fel'na erioed yng nghlyw Cosmo. Oedd hi'n bosibl i blentyn weld person mor debyg i Anti Mona mewn hunllef? Wrth gwrs, y belen gyda'r corryn ynddi oedd y pwys papur a oedd yn y cas gwydr yn y parlwr, ac roedd Cosmo wedi sylwi ar hwnnw sawl gwaith.

Daeth Harri i ymuno â mi yn y gegin, newydd gael cawod. Ac wrth iddo baratoi'i frecwast ei hun – cawswn innau frecwast yn barod – dyma fe'n dechrau. Roedd e'n poeni am y tŷ 'ma. Roedd e wedi cael digon. Roedd e o'r farn y dylen ni'i werthu fe.

Beth yn y byd oedd yn bod arno fe! Oedd eisiau chwilio'i ben? Doedd dim o'i le ar y tŷ. Roedden ni'n ofnadw o lwcus i etifeddu lle mor grand.

Ond mynnodd Harri fod rhywbeth o'i le.

Ambell sŵn od yn y nos, 'na gyd, meddwn i. Roedd y tŷ yn hen, wedi'r cyfan. Roedd pethau fel'na i'w disgwyl.

Ond doedd Harri ddim yn licio'r lle. Anghynnes oedd e. Ac yn ei farn ef doedd y lle ddim yn ein licio ni.

Allwn i mo'i gredu fe am ddweud peth mor dwp. On'd oedden ni wedi gwario ffortiwn arno fe?

Eto i gyd, meddai fe, doedden ni ddim wedi talu dim ceiniog amdano fe ac o'i werthu nawr fe fydden ni ar ein hennill.

Allwn i ddim credu'i ffolineb. Roedd y Lluest Ucha neu y Little Nest yn perthyn i'n teulu.

Ces i'n atgoffa gan Harri na wyddwn i ddim amdano nes imi glywed am yr ewyllys. Ond yn y cyfamser roeddwn i wedi dod yn hoff iawn ohono ac o'r pentre. Roeddwn i wrth fy modd yn mynd yno i sefyll.

Edrychodd Harri arna i gyda golwg ddifrifol yn ei lygaid.

Gofynnodd i mi wrando arno yn ofalus. Hwn oedd y tro olaf y byddai fe'n sefyll yn y Little Nest. Roedd e'n mynd 'nôl i Lundain y bore hwnnw. Os oeddwn i'n mynd i sefyll byddwn i'n gorfod dal y trên yn ôl wath roedd e'n mynd i bacio a mynd yn y car.

Cer, 'te, meddwn i wrtho, arhoswn i yno ar fy mhen fy hun am weddill y gwyliau.

Roedd y trên yn symud eto. Yn nüwch diwaelod y gwydr, prin y gallwn adnabod f'adlewyrchiad fel fi fy hun. Edrychwn yn ddieithr. Roedd golwg gas, rwgnachlyd arna i. Drwy *chiaroscuro*'r adlewyrchiad ymddangosai rhych fertigol dwfn rhwng f'aeliau, aethai fy llygaid yn ddwfn hefyd i'w socedi, ac roedd corneli'r geg yn tynnu'r gwefusau lawr mewn ystum surbwch, pwdlyd. Fe deimlwn, yn wir, fod y dieithryn hwnnw yn berson hollol wahanol i mi fy hun a'i fod yn byw mewn bydysawd cyfochrog. Lle tywyll iawn oedd hwnnw ac efallai yn hytrach na bod mewn trên yn eistedd ac yn gwrando ar stori ryfedd hen ffrind, roedd hwn yn symud trwy amser ar ymweliad â'r gorffennol, neu ynteu'n mynd ar un naid i'r dyfodol pell. Beth bynnag, person cas oedd y fi arall yna yn y byd arall hwnnw, a doedd dim awydd 'da fi i'w weld e yn ymuno â ni.

'Be ddigwyddodd wedyn?' gofynnais ond cyn iddo fynd yn ei flaen, setlodd yn ôl yn ei sedd, ymddifrifolodd. Edrychodd i fyw fy llygaid cystal â dweud ei fod e'n dechrau rhan newydd yn ei naratif.

Ar y dechrau roeddwn i'n grac iawn 'da Harri am fynd â'r car a 'ngadael i fel'na ar 'y mhen 'yn hunan. Roedd e'n gwybod yn iawn pa mor bell oedd hi o'r Little Nest i'r pentre ac mor brin oedd y bysiau o Gwmhwsmon i'r dre. Ond wedyn, dyma fi'n callio ac yn penderfynu nad oedd dim ots amdano. Fe wnawn i'n iawn hebddo. Doeddwn i ddim yn barod i ymadael â'r tŷ braf hwn a'r patsyn hyfryd o dir yma eto. 'Gwynt teg ar ei ôl,' meddwn i. Ie'n wir, dywedais hynny yn uchel.

Doeddwn i ddim yn cymryd o ddifri ei fygythiad na fyddai'n dod 'nôl i'r hen le 'ma byth eto, dim am eiliad. Ond ar yr un pryd, yn sydyn fe deimlai'r lle yn enfawr a gwag ac unig. Dim Harri, dim Cosmo hyd yn oed. Es i o stafell i stafell gan edrych ar yr hen dŷ o'r newydd nawr nad oedd neb yno ond y fi.

Dwi'n sylweddoli nawr 'mod i ddim wedi amlinellu cynllun y lle yn fanwl iawn – gallwn i wneud hynny, yn wir, gallwn i wneud darlun amrwd o'r ddau lawr a'r stafelloedd i gyd ar y napcyn papur 'ma i ti nawr – ond mae 'na reswm pam dwi ddim wedi gwneud hynny. Roedd rhywbeth ynglŷn â'r lle oedd yn golygu ei bod yn anodd i'w ddysgu, yn anodd i'w adnabod, fel petai. Roedd y stafelloedd yn cysylltu â'i gilydd â gormod o ddrysau ac roedd stepiau rhyngddyn nhw mewn sawl lle annisgwyl; roedd dwy set o risiau yn mynd i'r llofft, y naill ym mhen gorllewinol y tŷ a'r llall yn y pen dwyreiniol. Roedd yno ffenestri ymhobman ond eto, er inni wneud y ffenestri yn lletach, roedd corneli tywyll wedi goroesi ymhob stafell, rywsut. Roedd effaith hyn i gyd yn peri i mi deimlo weithiau na allwn fod yn hollol siŵr sawl stafell yn gwmws oedd yno. Roedd hi'n bosibl i chi anghofio am ran neu am rannau o'r tŷ, ac wrth fynd iddyn nhw eto roedd hi fel darganfod lle newydd bob tro. Roedd ei ddieithrwch yn parhau mewn rhyw fodd dirgel. Roedd 'na elfen o ddrysfa, o labrinth, yn perthyn i'r hen le oedd yn cael ei hachosi, mae'n debyg, wrth i estyniadau gael eu hychwanegu ato flynyddau'n ôl, ac yna i estyniadau eraill gael eu hatodi at yr estyniadau. Clytwaith o dŷ oedd e. Roedd hi'n amlwg iddo gael ei adeiladu yn ôl yr angen, wrth i'r teulu neu'r teuluoedd oedd wedi byw ynddo yn y gorffennol dyfu. Ac yn rhyfedd iawn fe deimlai'r tŷ fel petai'n dal i dyfu o hyd, fel peth organig yn hytrach na strwythur sefydlog o friciau a llechi a phlaster a sment. A dyna pam mae'n dal i fod yn aneglur yn fy meddwl ynghylch safle'r stafelloedd a'u perthynas â'i gilydd. Nid bod y tŷ yn balas â channoedd o stafelloedd ynddo, ond yn debyg i Gymru, sydd yn wlad fach, pwy sy'n hollol gyfarwydd â phob twll a chornel ohoni?

Y noson honno, yn lle wynebu unigrwydd y lle fe gerddais i'r pentre, i'r Brenin. Roeddwn i'n dechrau dod yn gyfarwydd â'r ffordd fel nad oedd hi'n teimlo mor bell. Fe gyrhaeddais yn gynnar y noson honno a phrin oedd y cwsmeriaid. Yn wir, yr unig rai roeddwn i'n eu hadnabod oedd Gwenan a Gwyn Wyn Hopcyn. Eistedd wrth ford gron isel oedden nhw.

'Ar eich pen eich hun,' meddai Gwenan â thinc o wawd yn ei llais. Ond wrth brynu peint ni allai'i smaldod fy mrifo i; roeddwn i'n barod i ymuno yn y jôc. Wedi'r cyfan, on'd oedd hi'n sefyllfa wirioneddol ddoniol?

'Mae 'ngŵr i wedi 'ngadael i,' meddwn i a chyda gwahoddiad neu beidio eisteddais gyda nhw ac adrodd yr holl hanes – mynd am dro gyda'r crwtyn ofnadwy, canfod y bocs, y ddol, hunllef Cosmo, efe a'i fam yn gadael, Harri yn gadael, a finnau ar fy mhen fy hun.

'Druan ohonoch chi,' dywedodd Gwyn ac aeth i brynu rownd arall inni.

'Gwedwch eto, wrth ba un o'r adfeilion naethoch ffeindio'r tun a'r ddol 'na?' gofynnodd Gwenan. Ac fe ddisgrifiais y lle a'r lleoliad. Y tŷ mwya sylweddol ar y dde i'r llwybr sy'n arwain lan at y Lluest Ucha ei hun a'r lle nesaf ato.

'Dwi'n cofio Mona yn sôn am y tŷ 'na,' meddai Gwenan, '"Pentir" oedd enw'r lle. Roedd Mona yn nabod rhai oedd yn byw yno.'

'Wyddwn i ddim bod Anti Mona yn gallu cofio mor bell yn ôl â hynny,' atebais i.

'Wrth gwrs ei bod hi,' meddai Gwenan, 'doedd hi ddim yn bell yn ôl iddi hi. Roedd hi'n cofio pan oedd llawer o bobl yn byw yn yr hen dai 'na, a'r pwll ond wedi peidio â gweithio tua diwedd y pumdegau.'

'Dyna'r union beth dwi wedi bod yn chwilio amdano,' roeddwn wedi fy nhanio, 'hanes y gymuned o bobl oedd yn byw yn yr hen dai 'na cyn eu gadael i fynd yn adfeilion.'

'Wel, ry'ch chi'n siarad â'r person gorau,' meddai Gwyn wrth ddod yn ôl o'r bar gyda'r diodydd, 'mae Gwenan yn hanesydd, a neb yn gwbod mwy am Gwsmon.'

Ar ryw lefel roeddwn i'n gwybod hyn yn barod, on'd oedd hi wedi dweud hynny? Ond doeddwn i ddim wedi cymryd llawer o sylw ar y pryd ac yn nes ymlaen, rhaid cyfaddef, doeddwn i ddim wedi ystyried ymgynghori â hi ynglŷn â hanes y fro, wedi'r cyfan roedd hi wedi dangos agwedd ddigon oeraidd tuag ata i o'r dechrau, bron, on'd oedd hi?

Ta beth, dros ein gwydrau'r noson honno, o enau Gwenan, fe ges i lawer mwy o hanes Cwmhwsmon nag a gawswn mewn llyfrau nac amgueddfa.

Yn ôl Gwenan, roedd hanes mwyngloddio yn yr ardal yn mynd yn ôl bedair mil o flynyddoedd at oes cyn bod y Cymry yn Gymry hyd yn oed, a dwy fil o flynyddoedd cyn bod sôn am Gristnogaeth yn y byd.

'Roedd yna gloddio yma am arian, sinc, copr ac yn bennaf oll plwm dros y canrifoedd,' meddai Gwenan. Rywsut roedd Gwenan wedi llwyddo i gyfuno'i gwaith academaidd fel darlithydd yn Adran Hanes ym mhrifysgol Aberdyddgu gyda'i bywyd fel gwraig fferm. Ond doedd dim ffiniau na rhaniadau i'w gweld rhwng y ddwy elfen yn ei phersonoliaeth. Er gwaethaf ei golwg werinaidd, iach roedd ei hysgolheictod ar flaenau'i bysedd a deuai'r ffeithiau a'r dyddiadau ddwmbal dambal o'i gwefusau. Roedd ei brwdfrydedd yn gyfareddol ac yn hynod o heintus.

Daeth mwy o bentrefwyr i'r dafarn; Claude a Jilly, Bob Evans a phobl eraill nad oeddwn i'n eu hadnabod. Byddwn i wedi annog Gwenan i ddweud mwy am y pentre yn y ddeunawfed ganrif a'r bedwaredd ganrif ar bymtheg pan godwyd y tai, ond roedd Gwyn yn barod i adael, roedd e'n gorfod cwnnu'n fore. A chan fod Gwenan wedi cynnig pàs i mi i waelod y rhiw fe benderfynais ei bod hi'n bryd i mi'i throi hi hefyd. Doedd hi ddim yn ddiweddar ond roeddwn i'n flinedig yn barod ar ôl y noson o'r blaen a diwrnod mor gythryblus. Ystyriais aros am dipyn eto ond doeddwn i ddim eisiau'i gadael hi tan amser cau a finnau'n gorfod cerdded yr holl ffordd a dringo yn y tywyllwch i'r Lluest Ucha ar fy mhen fy hun.

Mae'n bosib i mi gael gormod i yfed yn y Brenin y noson honno wath dwi ddim yn cofio ffarwelio â Gwenan a Gwyn ar ôl i mi ddringo mas o'r car a dwi ddim yn cofio ymlwybro drwy'r pentre marw ar y ffordd sha thre hyd yn oed. Y peth nesaf dwi'n ei gofio, a'i gofio fel pe bai newydd ddigwydd, yw dihuno yn y tywyllwch yn fy ngwely a chlywed rhywbeth yn symud yn y tŷ. Des i ata i fy hun yn sydyn gan gofio nad oedd neb arall yno ond y fi. Moelais fy nghlustiau. Oedd, roedd sŵn digamsyniol traed ar y staer. Roedd natur gwichian i'w chael yn sawl un o'r grisiau wrth i rywun sefyll arnynt.

'Mae staeriau hen dai yn tueddu i wichian yn y nos,' meddwn i, gan geisio dal pen rheswm â mi fy hun. 'Yr estyll yn sythu, medden nhw.' Ond roedd rhywun neu rywbeth yn dod lan llofft ac yn symud yn nes, gam wrth gam. Daeth i sefyll y tu allan i ddrws y stafell.

Fe deimlwn ofn. Roedd hi'n ofn dirfawr, ofn yn fy llwnc, ofn ar fy nghroen a safodd pob blewyn ar fy mhen – yn llythrennol.

Doedd dim amdani ond wynebu'r tresmaswr. Codais mor ddistaw ag y gallwn. Yr unig beth trwm wrth law y gallwn ei ddefnyddio i amddiffyn fy hun oedd powlen grochenwaith werthfawr iawn ar y seidbord. Fyddai Harri ddim yn diolch imi pe bawn i'n ei thorri ond roedd hi'n ddigon trwm ac yn galed ac roedd rhyw fath o arfogaeth yn hanfodol – ta beth, roedd Harri wedi mynd a 'ngadael i fel'na, yn ddiymadferth.

Symudais yn nes at y drws ar flaenau fy nhraed – ac yna ei agor yn sydyn gan adael y bowlen i daro gyda chlonc. Chwalodd y bowlen yn yfflon. Switsiais y golau ar y landin.

Doedd neb na dim yno. Distawrwydd llwyr ond am sŵn fy nghalon fy hun yn curo fel gordd.

Wrth gwrs doedd neb yno. Mor dwp roeddwn i'n teimlo wedyn. Es i o stafell i stafell gan gynnau'r golau ym mhob un. Ond doedd neb yn y tŷ ond y fi. Yn y stafell lle bu Cosmo'n cysgu sylwais iddo anghofio'i declyn canfod metal yn ei frys i bacio ac ymadael. Ond doedd dim o'i le a dim llygoden yno hyd yn oed.

Es i'n ôl i'r gwely heb ddiffodd y golau eto. Edrychais ar y cloc; roedd hi'n bum munud ar hugain wedi pump o'r gloch yn y bore.

Pan edrychais ar y cloc eto roedd hi'n ddeg o'r gloch y bore. Fe lusgais fy hun fel sach o datws o'r gwely i'r stafell ymolchi ac wedyn i'r gegin i gael brecwast. Yna, fe benderfynais ei bod hi'n hen bryd i mi ffonio Harri i weld a oedd e wedi cyrraedd yn saff ac, efallai, wedi callio. Wrth gwrs, doedd y ffôn symudol ddim yn gweithio, felly fe drois at y llinell dir. Ac yna, fel petai hi'n eistedd wrth ei ochr yn f'aros oedd yr hen ddol. Allwn i ddim cofio i Harri ei dodi hi yno. Yn wir, be ddigwyddodd iddi ar ôl i mi'i ei gweld hi yn ein stafell ni, allwn i ddim bod yn siŵr. Ond dyna lle'r oedd hi nawr ar bwys y ffôn a rhyw sbeng ar ei hwyneb, fel petai hi'n fy herio i ddefnyddio'r ffôn.

'Paid â bod yn dwp,' meddwn i wrth 'yn hunan a gwthio'r ddelw o'r neilltu.

Wel, oedd, roedd Harri wedi cyrraedd yn saff, on'd oedd hynny yn amlwg ac yntau yn siarad â mi ar ben arall y ffôn? Ond nac oedd, doedd e ddim wedi tawelu na newid ei feddwl, fyddai fe byth yn dod yn ôl i'r Little Nest byth eto, ac nac oedd, doedd dim ots 'da fe 'tawn i'n dal i sefyll yno am bythefnos arall. A dyna ni. Sgwrs ddigon cwta. Synhwyrwn ei fod yn fy meio am be ddigwyddodd i Cosmo a'r pethau bach eraill. Roedd e'n ddigon oeraidd, yn wir.

Wel, os oedd efe yn mynd i lynu at ei air yn benstiff fel'na y peth cyntaf roeddwn i'n mynd i'w wneud oedd tynnu'r arwyddion yn dweud 'Little Nest'. Roedd y Lluest Ucha yn ddigon o enw a doeddwn i ddim wedi bod o blaid yr enw y Little Nest erioed. Roeddwn i'n mynd i gael fy ffordd fy hun os nad oedd Harri yn dymuno rhannu'r lle gyda mi.

Wedi i mi dynnu yr arwydd o'r drws ffrynt ac o'r glwyd fe deimlwn yn well yn syth. Ond yna, yn sydyn, ymestynnodd y diwrnod o 'mlaen i a finnau heb amcan sut i lenwi'r oriau hir. Ac am y tro cyntaf, efallai, dyma fi'n gwerthfawrogi bywyd Anti Mona, yn enwedig yn ei henaint tua'r diwedd. Dyma lle'r oedd hi wedi byw, heb gwmni, heb allu picio i'r pentre heb sôn am y dre. Mor ddiarffordd oedd y Lluest Ucha, hyd yn oed o fewn Cwmhwsmon. Oriau, dyddiau, misoedd, blynyddoedd o unigrwydd. Mae'n debyg bod rhai o'r pentre yn arfer mynd i ôl neges iddi, ond pa mor aml? Deellais hefyd pam oedd hi wedi dewis gwneud ei nyth yn ei lolfa hi – wedi'r cyfan roedd yna sawl dewis arall – ond y lolfa honno oedd yr agosaf at y gegin ar y naill law a'r tŷ bach isa ar y llaw arall. Mae ystyriaethau fel'na yn bwysig pan fo symud corfforol yn waith caled. Ac er gwaethaf crandrwydd ei chartref ac ehangder y tirlun hyfryd o'i gwmpas, yn ei blynyddoedd olaf roedd cylch ei bywyd wedi crebachu i'r tair stafell hyn.

Dim rhyfedd bod y pentre bach 'na wedi marw. Doedd dim i gadw neb yng Nghwmhwsmon pan fethodd y pwll. Y ffermwyr ac ambell i dyddynnwr yn unig a lwyddodd i gario ymlaen. Roedd Mona, wrth gwrs, yn fater gwahanol. Roedd hi'n gefnog o gymharu â'i chymdogion. Gweithiai yn y Brifysgol ac roedd hi wedi cyhoeddi ambell i lyfr yn ôl yr hyn roeddwn i'n ddeall. Fe fyddai'n syniad da i mi gael gafael ar ei llyfrau a'u darllen.

Treuliais sawl awr yn siarad â rhai ar y ffôn. Ffoniais Dendy i weld os oedd ganddo awydd dod i aros eto. Roedd e'n rhy brysur ond roedd Lucy nôl gydag ef, wedi gadael Jonty unwaith yn rhagor. Ffoniais Jonty wedyn er mwyn cydymdeimlo gydag ef ac, wrth imi geisio'i gysuro, ei wahodd i ddod i sefyll gyda mi. Roedd e'n ddiolchgar ond roedd e wrthi yn pacio yn barod i fynd i'r Eidal i anghofio Lucy. Yna fe ffoniais fy merch Nici yn Canada lle roedd hi'n dal i fyw gyda Monique, f'ail wraig, yn y gobaith o'i denu hithau i ddod draw i 'ngweld i. Doeddwn i ddim wedi cwrdd â hi ers blynyddoedd, plediais â hi yn daer. Ond roedd hi'n amhosibl, meddai Nici, rywbryd eto.

Felly, roedd Merfyn druan ar ei ben ei hun.

Dyna pryd y dechreuais deimlo ychydig o boen yn f'ystlys, ar y chwith a rhywfaint o benysgafnder. Fe gymerais ddau barasetamol, rhag ofn, wath roedd y poenau amhenodol hyn yn peri pryder i mi o bryd i'w gilydd. Roedd pob un o'm partneriaid, Katie, Monique a Harri o'r farn nad oedd dim byd difrifol o'i le arna i a taw yn 'y mhen oedd y poenau hyn i gyd. Roeddwn i'n dioddef o heipocondria rhemp, yn ôl Harri. Ond yn bersonol doeddwn i ddim mor siŵr. Beth os oedd y boen yn f'ochr yn arwydd o glefyd yr arennau? A'r penysgafnder yn dyfiant ar yr ymennydd?

Yn sydyn fe deimlwn yn ynysig iawn. Doedd dim modd byw yng nghefn gwlad Cymru heb gar. Felly, ar hynny, dyma fi'n penderfynu y byddwn yn dal y bws o'r pentre i Aberdyddgu ac yn prynu rhyw fath o gar bach, un ail law, mae'n debyg, y prynhawn hwnnw. O gael car fe allwn i bicio i'r dre i ymgynghori â meddyg pe teimlwn yn dost – byddwn i'n gorfod cofrestru gyda meddygfa leol hefyd – a fyddwn i ddim yn teimlo mor gaeth i'r tŷ. Gallwn bicio i'r dre i gael neges, neu fynd i'r sinema neu gael têc-awê fel y mynnwn. Gallwn i yrru yn ôl i Lundain heb orfod dibynnu ar dacsi, bws a thrên. Byddai ail gar yn gwneud byd o wahaniaeth i'n bywydau yn y ddinas hefyd er na fyddai Harri yn cydweld â mi, o bosib.

Yn lle ailadrodd manylion taith Merfyn i'r dre – ei drafferthion i gael bws ac yn y blaen – a'r broblem o ddod o hyd i fodurdy a char addas wedyn, bargeinio ac yswirio, gadewch i mi grynhoi fel hyn: fe brynodd Merfyn *Mini* am £1,800 o bunnoedd a'i yrru yn ôl i Gwmhwsmon fel Jehu.

Roedd ein trên ninnau'n symud yn rhwydd drwy'r nos erbyn hyn a finnau'n dechrau codi fy ngobeithion y bydden ni'n cyrraedd o fewn dwy awr, gyda lwc.

Teimlaf fod naratif Merfyn wedi suddo i damaid o gors yma, felly, gadewch inni symud ymlaen.

Dwi'n greadur sy'n gwneud coffi sawl gwaith y dydd, parhaodd Merfyn, ac yn licio cario fy mẁg o le i le. Y broblem gyda hyn yw fy mod i'n tueddu i adael mygiau o goffi oer ac ar eu hanner ar f'ôl ar hyd y lle, wedi anghofio amdanyn nhw. Byddai Harri yn fy ngheryddu byth a hefyd am adael hanner mẁg o goffi oer yn y stafell ymolchi, er enghraifft, neu yn y lolfa, neu lan lofft, gartref ac yn y Lluest Ucha. Ond ar ôl i Harri fy ngadael yn yr hen dŷ ar fy mhen fy hun heb neb i'm monitro sylwais fod y llestri amddifad hyn gyda'r pyllau o hylif brown oer yn ceulo yng ngwaelod pob un ohonynt yn amlhau, fel petaen nhw'n epilio ac yn lluosogi, nes bod rhai i gael ym mhob man yn y tŷ. Roedd rhaid i mi wneud rhywbeth yn ei gylch yn y diwedd wath doedd dim rhagor o fygiau glân ar ôl yn y cwpwrdd yn y gegin. Doedd dim dewis ond i mi fynd o le i le fel gwenynen yn casglu'r paill, gan gywain yr holl fygiau ynghyd a'u dodi i gyd yn y bosh a'u golchi yn lân. Rhifais ddeunaw ohonyn nhw i gyd a phenderfynu yn y fan a'r lle na fyddwn i'n gadael i bethau fynd i'r fath gyflwr cywilyddus eto. Fe gofiwn eiriau Harri – gwnawn i un ddisgled o goffi ar y tro a wnawn i ddim paratoi un arall oni bai i mi yfed y cyfan a golchi'r mẁg eto. Glendid a threfn. Hunanddisgyblaeth, dyna'r ateb. O hynny ymlaen byddwn yn cadw llygad barcud ar bob cwpaned o goffi.

Un bore piciais i'r dre yn y car ail law newydd er mwyn mynd i'r archfarchnad i gael neges. Roeddwn i'n dechrau dod yn gyfarwydd â bywyd hen lanc yng nghefn gwlad Cymru, fel petai. Yno fe lwythais gist y car â nwyddau am wythnosau i ddod. Dyma ffordd o ddatgan f'amharodrwydd i fynd 'nôl i Lundain. Doeddwn i ddim yn moyn gadael y Lluest Ucha na Chwmhwsmon am dipyn eto.

Dyna lle'r oedd Bob wrthi yn ddiwyd yn yr ardd y diwrnod hwnnw pan ddychwelais i'r Lluest.

'Sut hwyl?' meddai fe, wrth i mi ddod mas o'r car a dechrau'i ddadlwytho.

'Wi'n iawn,' meddwn i, 'trueni am yr hen dywydd brwnt 'ma.'

'Wel, dwi'n mynd i gario 'mlaen yma,' meddai gan gyfeirio gyda'r trywel yn ei law at yr ardd yn gyffredinol, 'mae digon i'w wneud.' Yna fe ychwanegodd, 'Sut mae'ch ffrind?' Am Harri roedd e'n sôn. Doedd e ddim yn gwybod fel arall i gyfeirio ato. 'Ydy e'n dost? Cododd ei law arna i o'r ffenest ond dyw e ddim wedi dod ma's.'

'Harri? Dyw e ddim yma,' meddwn i, 'aeth e'n ôl i Lundain ar ei ben ei hun rai dyddiau'n ôl. Does neb yn y tŷ.'

'Ond fe welais i rywun. Chwifiais i'n ôl arno.'

'Na does neb yn dre,' meddwn i, 'ti wedi neud camsyniad, Bob.'

'Gwelais i rywun, dwi'n eitha siŵr.'

Wrth gwrs, pan es i mewn i'r tŷ, doedd neb yno, ond roedd yn rhaid i mi fynd i bob stafell i wneud yn siŵr. Roedd Bob yn dechrau drysu er ei fod yn gymharol ifanc, yn ei ddeugeiniau.

Aeth Bob ymlaen â'i waith yn ddirwgnach dan y glaw, chwarae teg iddo. A ffoniais innau fy swyddfa i ddweud nad oeddwn i'n bwriadu mynd yn ôl am sbel, 'mod i'n mynd i gymryd rhyw fath o gyfnod sabothol. Wedi'r cyfan, fy musnes i oedd e, roeddwn i'n un o'r cyfarwyddwyr, gallwn i wneud peth fel hyn. Roedd y busnes yn rhedeg wrth ei bwysau, beth bynnag, ac roedd y partneriaid eraill yn cymryd amser bant yn aml. Dyma'r tro cyntaf i mi wneud. Ches i ddim gwrthwynebiad, ta beth. A phan ddodais y ffôn yn ôl yn ei grud fe ddigwyddodd rhywbeth yn fy mhen; doeddwn i ddim yn mynd yn ôl o gwbl. Roeddwn i'n mynd i werthu fy nghyfran i yn y bartneriaeth ac ymddeol a dod i'r Lluest Ucha i fyw. Cawswn ddigon o'r ddinas a dylunio cartrefi pobl gefnog. Roeddwn i wedi cael digon yn gyffredinol, ac yn sydyn, ie, wrth i mi orffen siarad ar y ffôn, fe sylweddolais fy mod i'n moyn byw bywyd gwahanol, bywyd arafach, bywyd gwledig, yno ym mro f'hynafiaid.

Doedd gyda fi ddim amcan beth fyddai ymateb Harri a gweddill y teulu i'r penderfyniad unochrog yma ar fy rhan i, ond am y tro doedd dim ots 'da fi chwaith. Yn awr – hynny yw, ar y pryd – roeddwn i'n berson newydd, yn Merfyn gwahanol. Ac eto i gyd yn fi fy hun o'r diwedd, am y tro cyntaf o bosib. Roeddwn i wedi dod o hyd i'n hunan heb wybod imi fod ar goll.

Roedd hyn yn newydd i mi ac yn gwbl annisgwyl. Allwn i ddim rhoi cyfrif am y newid sydyn hyn, ond mae'n debyg bod y syniad wedi bod yn tyfu bob yn dipyn yn ddwfn yn fy meddwl dros amser, mor ddwfn, yn wir, fel nad oeddwn yn hollol ymwybodol ohono tan y funud honno pan ddaeth y cyfan yn glir i mi, fel rhyw fath o weledigaeth.

Stopiodd y trên eto. Teimlwn yn ddigalon ac yn rhwystredig. Doedd dim amcan gyda ni pryd y bydden ni'n cyrraedd bellach. Roeddwn i'n grac ond doedd dim dewis ond ymlacio a gwrando ar Merfyn.

Wel, mae'n bryd i mi sôn am brynhawn rhyfedd iawn, meddai Merfyn.

Wedi i mi gael y car roeddwn i'n rhydd i redeg i Aberdyddgu i brynu pethach, ond yn anochel byddwn i'n anghofio rhywbeth neu'i gilydd bob tro. Wedyn byddwn i'n popo lawr i'r siop yn y pentre. Y tro hwn doedd dim olew coginio 'da fi, er i mi fynd i Aberdyddgu y diwrnod o'r blaen yn unswydd er mwyn cael olew coginio a chael popeth arall ond yr olew yn y diwedd. Felly, bant â mi yn y car. A dyna lle roedd Gwenan. Roedd yr elyniaeth a'r oerni a fu rhyngom ni o'r dechrau wedi dadlaith peth.

'Sut mae Harri?' gofynnodd wrth inni ddod mas o'r siop, potel o olew yn fy llaw o'r diwedd.

'Mae 'mhartner wedi 'ngadael i am byth,' meddwn i yn smala, ond rhaid i mi gyfaddef bod rhan ohono i yn dechrau poeni bod elfen o wirionedd yn y jôc, a bod Harri a finnau wedi gwahanu. Byddwn i'n ei ffonio fe i drafod pethau yn y man ond doeddwn i ddim yn barod i siarad ag ef eto. Caiff aros.

'Wel, dwi ddim yn synnu bod Harri wedi cael ei ddychryn, na'r plentyn 'na. Mae plant yn gallu gweld ysbrydion, chi'n gwbod.'

'Chi'n credu mewn ysbrydion?'

'Chi ddim?'

'Nac ydw. Nonsens,' meddwn i. Er i mi wneud sioe o argyhoeddiad roeddwn i'n dechrau amau fy mhrofiadau fy hunan, neu, yn hytrach f'amgyffrediad ohonyn nhw.

'Fyddai'n bosib i mi gael gweld y ddol 'na naethoch chi'i ffeindio ar bwys Pentir?'

'Croeso. Dewch lan i'w gweld hi *unrhyw bryd*,' meddwn i, fel mae rhywun yn dweud 'Galwch draw *unrhyw bryd*' neu pan fo rhywun yn cael profedigaeth, 'Os gallwn i wneud *unrhyw beth* i helpu, rhowch wybod', ond byth yn meddwl y bydd y person yn galw *unrhyw bryd* nac yn gofyn *unrhyw beth*.

'Beth am nawr, 'te?' meddai Gwenan, yn hollol o ddifrif.

'Nawr?'

'Ie, nawr. Dwi'n rhydd ar hyn o bryd, does dim byd arall 'da fi i'w wneud am awr neu ddwy. Cha i ddim cyfle fel hyn am dipyn eto, falle.'

Ac fel'na y daeth Gwenan Wyn Hopcyn yn ôl i'r Lluest Ucha 'da fi. Y fi yn fy nghar bach i a hithau'n dilyn yn ei chastell o *four by four*, y ci yn y cefn.

Aethon ni i'r gegin ac ar ôl i mi neud bob o ddisgled o goffi i ni, es i ddisgwyl am y ddol. Doedd hi ddim yn y gegin nac ar y dreser nac yn y lolfa. Es i lan lofft i'n stafell wely a doedd hi ddim yno chwaith. Yna es i o stafell i stafell drwy'r tŷ gan edrych yn y drariau a'r cypyrddau ond ffaelu yn lân â dod o hyd iddi. Yn y diwedd es i'n ôl i'r gegin.

'Dwi wedi'i cholli 'ddi,' meddwn i.

'Ble naethoch chi'i gweld hi ddwetha?'

'Nawr, 'swn i'n gwbod 'swn i ddim wedi'i cholli 'ddi, na faswn!'

'Sdim eisiau dangos natur,' meddai Gwenan.

'Mae'n flin 'da fi. Mae chwilio am rywbeth 'dwi wedi'i golli wastad yn hala fi'n wyllt am ryw reswm.'

'Sdim eisiau poeni, mae Gwyn gwmws yr un peth.'

'Ond rydych chi wedi gwastraffu'ch amser yma,' meddwn i yn ymddiheuriol, 'a finne wedi anghofio lle dodais i'r hen ddol. Henaint ni ddaw ei hunan mae arna i ofn.'

'Dyma'r tro cynta i mi fod yma ers i Mona gael ei chladdu,' meddai Gwenan, arlliw o dristwch yn ei llais, 'chi wedi gwneud newidiadau mawr.'

'Do, ond dyw e ddim yn gartre eto.'

Yna fe ddechreuodd Gwenan sôn am y pentre a'i hanes. Fel

roedd trigolion y pentre marw pan oedd y Pwll yn gweithio yn rhai ofergoelus. Roedden nhw'n credu yn ysbrydion yr oesoedd a fu, chwedl Gwenan. Roedden nhw yn ymwybodol iawn o hynafiaeth y lle, gan gadw traddodiadau a defodau oedd yn dyddio yn ôl i oes gyn-Gristnogol, er na wydden nhw eu bod mor hen â hynny o bosib. Calan gaeaf, nos Galan, Y Fari Lwyd, roedd yr achlysuron hyn yn bwysig iawn iddyn nhw. Roedden nhw'n ofni tramgwyddo'r hen ysbrydion. Pan ddechreuodd yr hen bentre fynd ar oriwaered a phan ddaeth y gwaith yn y Pwll i ben, roedd rhai o'r hen bobl o'r farn fod yna felltith ar y lle.

'Menyw o'r enw Mabli oedd bydwraig yr ardal ar ddechrau'r ugeinfed ganrif,' meddai Gwenan, 'ac mae stori amdani wedi goroesi. Un noson stormus wyllt daeth merch fach at ddrws ei bwthyn – mae'r gweddillion i'w gweld ochr draw i'r afon, yr adfail agosaf at y pentre byw heddiw – roedd hi'n wlyb fel llygoden wedi boddi. Roedd ei mam, meddai, wedi dod i'w thymp ond doedd y baban ddim yn dod yn iawn. Gwisgodd Mabli ei siôl am ei phen a bant â hi a'r ferch fach yn y tywyllwch, y gwynt yn hyrddio'r glaw i'w hwynebau. Dyna'r plentyn yn tywys Mabli i un o'r bythynnod yn y rhes ar ymyl yr heol nawr. Gwyddai Mabli pwy oedd yn byw yma, Dafydd Owen a'i wraig Lois a thri o blant – rhyfedd nad oedd Mabli wedi adnabod Gwladys, eu merch hynaf, a hithau wedi dod â hi i'r byd wyth mlynedd yn ôl. Pan aeth Mabli i mewn i'r tŷ roedd y teulu i gyd yn y gegin yn cwato o gwmpas y tân isel. Aeth Mabli lan lofft at y wraig. Roedd hi'n diodde yn enbyd. Er i Mabli wneud ei gorau dros yr oriau nesaf ni ddaeth y baban, ac roedd y fam yn rhy wan ac yn fuan wedyn bu farw'r ddwy. Am weddill ei hoes hir ar ôl hynny gwyddai Mabli ymlaen llaw pe bai mam yn marw wrth eni plentyn, fe fyddai Lois yn ymddangos iddi, a gwyddai pe bai'r baban yn marw, byddai Lois yn ymddangos iddi a baban yn ei breichiau. Ac ar ei gwely cystudd ei hun gwyddai cymdogion Mabli fod ei hawr ola wedi dod pan edrychodd yn syth o'i blaen gan ddatgan, "Dyma Lois wedi dod".'

'Stori dda,' meddwn i.

'Wyddoch chi gan bwy ces i'r stori honno?'

'Dim syniad.'

'Gan eich modryb, Mona Moffat.'

'Nag oedd hi'n sgrifennu storïau? Ffuglen?'

'Ydy hynny yn awgrymu nad yw nofelydd yn gallu dweud y gwir?' gofynnodd Gwenan.

'Dim ond awgrymu ydw i fod nofelwyr yn licio dweud storïau, eu bod nhw'n defnyddio'r dychymyg.'

Doedd Gwenan ddim yn gwerthfawrogi drwgdybiaeth. Cododd ar ei thraed.

'Diolch am y coffi,' meddai.

'Pan ffeindia i'r ddol fe wna i roi gwbod i chi, a dod â hi i'r Brenin i'w dangos i chi.'

'Na, peidiwch â gwneud hynny. Do i lan 'ma i'w gweld hi.'

Wrth iddi ddringo i'w char gelwais ar ei hôl,

'Allwch chi ddweud beth yw teitlau nofelau Mona? Liciwn i ddarllen ei gwaith.'

'Wel, wrth gwrs, wrth i chi losgi'i llyfrau mae'n debyg i chi gael gwared â sawl copi,' meddai Gwenan, y lliw yn codi i'w gruddiau, 'ond peidiwch â phoeni, dof i â chopïau o'i llyfrau i chi gael benthyg.'

Taniodd y car. A bant â hi. Roedd ei dicter yn dal yn fyw iawn, felly, ond ar yr un pryd roedd ganddi ddiddordeb ynof ac awydd i'm helpu. Ac allwn i ddim gwadu fy ffolineb wrth ddinistrio llyfrgell a phapurau Mona, gallwn weld hynny nawr. Yn ein hawydd i glirio'r tŷ, a chael popeth yn ôl ein dymuniad, fe wnaethon ni sawl camsyniad. Ers i mi fod yno ar fy mhen fy hunan cawswn amser i ailasesu ac i fyfyrio uwchben pethau.

Es i'n ôl i'r gegin gyda'r bwriad o olchi'r llestri a dyna lle roedd y ddol yn eistedd mor amlwg ac mor glir â'r dydd ar y ford ar bwys y mẁg a ddefnyddiodd Gwenan. Roedd hi'n amhosibl ein bod ni wedi eistedd wrth y ford heb ei gweld hi. Yn naturiol, fe neidiodd fy meddwl i esboniad abswrd – rhaid bod Gwenan wedi'i dodi hi yno. Ond, byddai hynny yn gofyn i Gwenan ddod i'r tŷ drwy ryw ystryw gyfrwys a symud y ddol. Doedd dim modd iddi wneud hynny. Roedd yr esboniad hwn'na yr un mor anghredadwy â'r esboniad arall – bod yr hen ddol ei hun yn symud o gwmpas. Roedd yna ffordd arall i gyfrif amdani – heb yn wybod i mi fy hun, hynny yw, yn anymwybodol roeddwn i'n symud y ddol o le i le. Ond doedd hi ddim yn gwneud synnwyr fel'na chwaith; sut allwn i fynd mas gyda Gwenan, a dod mewn a symud y ddol o ba le bynnag yr oeddwn i wedi'i chwato hi o'r blaen, a'i dodi hi ar y ford heb i mi wybod, a'i gweld hi yno o'r newydd fel petai? Roedd pob esboniad yn anhygoel. Roedd hi'n anesboniadwy.

Penderfynais ei bod hi'n hanfodol i mi gymryd y ddol nawr a'i dodi hi mewn rhywle penodol fel y byddwn i'n cofio ble'r oedd hi ac i gofnodi hynny. Felly, dyma fi'n codi'r ddol yn fy nwylo a'i dodi mewn cas gwydr gyda darnau o grochenwaith yn y parlwr. Roedd allwedd i'r cas, felly fe gloais y cas a dodi'r allwedd mewn drâr yn y gell lle roeddwn i'n arfer mynd i ddarllen a gweithio weithiau. Yna, ar gerdyn ysgrifennais –

Mae'r ddol ar silff ganol y cas gwydr.
4.43 y prynhawn, dydd Mawrth.

Roedd y glaw yn hyrddio yn erbyn ffenestri duon y trên a hwnnw'n symud cam ac yna'n stopio am yn ail. Doedd dim patrwm na rhesymeg i'r siwrne. Roeddwn i wedi rhoi'r gorau i ddyfalu pryd y bydden ni'n cyrraedd.

Yma mae'n werth talfyrru rhan o stori Merfyn eto am fod ei

atgofion am y dyddiau nesaf yn fanwl ond heb ddigwyddiadau o bwys. Yna galwodd Gwenan Wyn Hopcyn arno ar frys un diwrnod a gadael nifer o lyfrau iddo, gan gynnwys nofel nodedig Mona Moffat *Y Bygythiad*, ei dwy gyfrol o storïau byrion *Ei Thwyll a'i Hystryw a Storïau Eraill* ac *Yn Sefyll yn Hyll ei Hun a Storïau Eraill*, ei hunangofiant, *Pioden Wen, Pioden Ddu*, a chyfrol deyrnged iddi a gyhoeddwyd adeg ei hymddeoliad o'r Brifysgol. Fel mae'n digwydd roeddwn i'n gyfarwydd â'r gyfrol hon, a olygwyd gan y diweddar Athro Dedwydd Roberts gyda chyfraniadau gan aelodau o'i hadran hi yn bennaf, yr Athro Sylvia Jones, Juno Hardacre, Maldwyn T Lewis, Norman Prosser, ac un erthygl gan Gwenan Wyn Mathews (Hopcyn yn ddiweddarach) ar ddechrau'i gyrfa, 'Mona Moffat a Chwmhwsmon', trafodaeth fywiog gan Huw Meirion Edwards ar gyfeiriadaeth Mona a dadansoddiad manwl o'r storïau gan T Robin Chapman, ill dau o Adran Gymraeg Prifysgol Aberystwyth, wrth gwrs, ac ymdriniaeth ar y nofel gan Rhiannon Marks.

Darllenodd Merfyn nofel Mona. Cyfaddefodd iddo gael cryn drafferth i weithio trwyddi i gyd a bu'n rhaid iddo edrych mewn geiriadur Cymraeg/Saesneg bob yn ail air, maentumiai ef.

Mae hi'n nofel fer anghyffredin o dywyll â naws sensitif yn hydreiddio'i thudalennau. Rhoddaf amlinelliad bras ohoni yma ar gyfer y sawl sydd heb ei darllen. Wedi'r cyfan, er bod ysgolheigion yn ei gosod ymhlith clasuron yr iaith ni fu erioed yn nofel boblogaidd ac mae cael gafael ar gopi ohoni wedi mynd yn dipyn o helfa drysor.

Wedi'i lleoli yn y ddeunawfed ganrif, mae merch fferm, Anna, yn cael ei chyfareddu gan lenyddiaeth, a barddoniaeth Gymraeg yn benodol. Mae hi'n rhoi'i bryd ar fod yn fardd, neu, fel mae Mona Moffat yn ei ddweud yn 'farddones'. Peth anghyffredin i ferch yn yr oes honno. Ond, a hithau'n byw mewn llecyn mor anghysbell anaml iawn y câi gyfle i ddod i gysylltiad â rhai diwylliedig iawn. Daw yn ffrindiau mawr â hen fenyw ddall, Pedws Ffowc, sydd yn byw ar gyrion y pentre ac er bod hon yn anllythrennog mae ganddi storfa o storïau traddodiadol a cherddi hir ar gof, y rhain y mae Anna yn awyddus i'w gofnodi. Ond mae Pedws Ffowc yn fenyw hysbys a'r rhan fwyaf o drigolion y pentre yn ei hofni. Ar ben hyn i gyd mae rhywbeth annelwig a dienw, anghenfil, neu fwystfil o ryw fath, yn llercian yn y tir o amgylch y gymdogaeth sydd yn dychryn Anna am ei bywyd a daw hithau i gredu bod y creadur hwn yn hogi dod am ei gwaed hi yn benodol. Nid yw Mona Moffat byth yn disgrifio nac yn manylu ar y peth hwn ac mae'n bosibl nad yw'n bod ond yn meddwl Anna (trafodwyd hyn gan Mihangel Morgan er ei fod yn ailgylchu syniadau John Rowlands, Sylvia Jones, Bleddyn Owen Huws a Gwenan Wyn Mathews i bob pwrpas).

Hefyd mae Anna yn gweld cerflun bach pren yn ymddangos mewn gwahanol lecynnau ar hyd y pentre. Mae'n amlwg iddi taw eilun ohoni hi yw'r ddol hon a phob tro y mae'n ei gweld hi mae'n effeithio arni'n ddychrynllyd, er nad yw hi'n canfod pwy a wnaeth y model ac sydd yn ei symud o le i le.

Yr ofn a'r teimlad a'r arswyd sydd yn symbylu'r naratif wrth i'r darllenydd orfod dyfalu beth yw'r peth ansylweddol hwn sydd yn rhoi i'r nofel ei hawyrgylch dychrynllyd. Mae'r ffordd y mae'r nofel yn dod i ben heb ddiweddglo clir i hanes y prif gymeriadau yn destun trafodaeth i ysgolheigion o hyd. Unwaith yn rhagor byddwn yn cymderadwyo monograff Rhiannon Marks ac astudiaeth gan Jane Aaron i'r darllenydd sydd â mwy o ddiddordeb yng ngwaith Mona Moffat. Nid yw'r crynodeb hwn yn gwneud math o gyfiawnder â'r nofel sydd yn dibynnu ar ei naws a'i harddull am ei llwyddiant llenyddol yn hytrach na'r plot nad yw'n rhyw gyflawn iawn.

Yn awr awn ni yn ôl at Merfyn wrth iddo gario ymlaen gyda'i stori.

Dwi ddim yn gallu b'yta afal fel mae'r rhan fwyaf o bobl yn gwneud. Hynny yw alla i ddim dal yr afal yn fy llaw a'i gnoi gyda'r dannedd. O na! Am ryw reswm mae teimlad y dannedd yn torri croen yr afal i mi yn annymunol ac felly dwi'n gorfod torri'r afal gyda chyllell bob yn sleisen a phob un yn denau denau fel tudalennau papur, mor denau nes bod modd gweld trwyddyn nhw. Dim ond i mi gael eu b'yta nhw fel'na, dwi'n licio afalau. Bob hyn a hyn. Ond dwi ddim yn arbennig o hoff o ffrwythau yn gyffredinol. Mae orennau a'u tebyg yn ormod o botsh – dyna'r croen a'r sudd a'r tuedd iddo dasgu dros bob man. A phaid â sôn am fananas; maen nhw wastad naill ai'n rhy galed neu'n rhy feddal ych-a-fi. 'Run peth â phêr. Ta beth, b'yta afal oeddwn i, fesul tafell, pan alwodd Gwenan eto, dwi'n cofio'r diwrnod mor glir â hynny. Diolchais iddi am y llyfrau a dweud fy mod i wedi darllen *Y Bygythiad* a chael blas arni.

Roedd Gwenan ar frys yn ôl ei harfer – ni allai sefyll yn hir wath 'roedd Jac y ci yn y car' oedd ei hesgus fel rheol – ac yn ddigon swta, dyna'i natur.

'Dyna pam dwi wedi galw 'ma heddi,' meddai, 'i weld os oeddech chi wedi trafferthu darllen y llyfrau 'na.'

'Dwi'n dal i weithio drwy'r storïau,' meddwn i.

'Peidiwch â phoeni gormod am reina, dyw rheina ddim cystal â'r nofel. Ond mae popeth yn y nofel yn wir, wyddoch chi.'

'Ydy hi?'

'Ydy. Cwsmon yw'r pentre yn y stori, wrth gwrs, Mona yw Anna.'

'Roeddwn i wedi dyfalu cymaint â hynny,' meddwn.

'Dewch,' meddwn i, 'dangosa i'r ddol i chi.'

A dyna lle roedd y ddol yn y cas gwydr yn ei pherffeithrwydd, darlun cywrain odiaeth o Mona yn ei hieuenctid.

'Alla i ddim credu 'mod i'n cael gweld y ddol 'ma,' meddai Gwenan. 'Er bod Mona wedi disgrifio'r effaith ofnadwy gafodd arni, roeddwn i'n siŵr ei bod hi wedi cael ei cholli am byth, ac efallai fod y dyn mae Mona yn sôn amdano yn ei hatgof anghyhoeddedig wedi'i chadw yn lle'i chladdu fel roedd e wedi bygwth gwneud.' Oedodd a daeth cysgod o gywilydd i'w llygaid gwyrdd. 'Yn wir, doeddwn i ddim yn siŵr a oedd y stori'n wir. Ond, mae bodolaeth y ddol 'ma fel petai'n ei chadarnhau.'

Oedd, roedd y ddol yn dystiolaeth. Er iddi newid y ddol i fod yn bortread, nid ffantasi mo nofel Mona Moffat. Llenor hunangofiannol oedd hi.

'Liciwn i dynnu lluniau o'r ddol a sgrifennu erthygl amdani a sut y daethoch chi o hyd iddi,' meddai Gwenan. 'Ga i wneud hynny? Ga i ddod â 'nghamera 'da fi y tro nesa?'

'Cewch, wrth gwrs,' meddwn i.

A gadawodd Gwenan gan fod Jac y ci yn cyfarth yng nghefn y car.

Yma, cododd Merfyn o'i sêt a mynd i'r tŷ bach. Unwaith y cyrhaeddwn i adre, pe bai hynny yn digwydd cyn diwedd yr unfed ganrif ar hugain, byddwn i'n darllen *Y Bygythiad* eto.

Edrychais drwy'r ffenestri eto gan chwilio am arlliw o oleuni, am siop neu unrhyw nodweddion o dirlun fyddai'n rhoi amcan i mi ble yn y byd oedden ni, pa mor agos at neu pa mor bell i ffwrdd oedden ni o ben y daith. Ond doedd dim i'w weld o hyd ond düwch, heb gymeriad na dyfnder na phellter ar un ystyr a dim ond dyfnder diwaelod a phellter fel y fagddu mewn ystyr arall. Teimlwn hiraeth am wybren a sêr a lleuad, am fryniau a choed, yn wir, ro'n i'n hiraethu am olau.

Daeth Merfyn yn ôl i'w sedd ac aeth yn ei flaen.

Yn hwyr neu'n hwyrach fe fyddai'n rhaid i mi fynd 'nôl i Lundain i wynebu Harri. Ac fe wnes i hynny ddiwedd yr haf hwnnw. Fe wnes i fy ngorau i egluro 'mod i wedi penderfynu ymddeol a gwerthu fy rhan i o'r busnes a mynd 'nôl i Gwmhwsmon i fyw yn y Lluest Ucha. Ond ar y pryd roedd gyrfa Harri yn mynd o nerth i nerth. Roedd e'n ymddangos ar y teledu a'r radio yn gyson, roedd ganddo lyfr newydd ar y gweill ac un ar fin cael ei gyhoeddi, ac yn anochel doedd e ddim yn fodlon rhoi'r gorau i hyn i gyd a dod i fyw ym mherfeddion cefn gwlad Cymru mewn tŷ lle cawsai nifer o brofiadau annifyr. Dyma ni'n penderfynu gwahanu.

Mor syml â hynny. Bob yn dipyn, bron heb yn wybod i ni, bu'n dau orbid yn symud ar wahân oddi wrth ei gilydd, nes yn y diwedd doedd dim modd dod â nhw ynghyd eto.

Alla i ddim mynegi fy nhristwch ond des i'n ôl i Gwmhwsmon gyda char gwell yng nghwmni Jonty a'i gi, hen filgi rasio wedi ymddeol – credwch neu beidio – a honno o'r enw Lucy. Ai miliast yw'r gair? Daethai ei berthynas ef a Lucy (y ferch) i ben ond aethai hi ddim yn ôl at Dendy, eithr golchodd ei dwylo ar y ddau ohonynt unwaith ac am byth ac aeth i Rufain i fyw. Roedd Dendy, erbyn hynny, yn byw yn Quebec. Ymunodd Jonty â mi felly i anghofio Lucy – peth anodd i'w wneud ac yntau wedi rhoi'r enw ar ei ast fabwysiedig. Daeth ataf hefyd er mwyn cydymdeimlo â mi ar ôl i mi ymadael â Harri. Roedd holl naws ein cwmnïaeth yn drist ac yn ddolurus. Ategai'r ast yr awyrgylch hwn am fod ganddi duedd i orwedd ar ei hyd ar y llawr neu ar y soffa, neu ar gadair, gan edrych arnom â'i llygaid brown pruddglwyfus ac ochneidio yn drwm. Lucy – yr ast – oedd ymgorfforiad ein teimladau ni'n dau. Roedd ganddi'r ddawn i ddramateiddio'n hwyliau fel na allen ni ei wneud.

Wedi dweud hynny, er mor dawel a hydrin ei natur oedd Lucy, fe gododd ambell broblem yn ei chylch yn fuan ar ôl iddi ddod i'r Lluest. Un noson, er enghraifft, roedden ni'n eistedd yn y lolfa a Lucy yn gorwedd ar ei chadair ei hun, a ninnau'n edrych arni. Yn aml Lucy oedd ffocws ein sylw, roedd hi'n well na theledu (roeddwn i wedi penderfynu o'r dechrau i beidio â chadw teledu yn y Lluest Ucha).

'Pam yn y byd 'nest ti roi'r enw Lucy iddi?' gofynnais i Jonty. Bu'r cwestiwn yn fy mhoeni ers iddo gyrraedd y Lluest Ucha a chyflwyno'r hen filgi i mi. Ond, fel yr eglurodd Jonty, wnaeth e ddim rhoi'r enw eithr daeth y ci gyda'r enw eisoes. Pan fo rhywun yn mabwysiadu milgi rasio wedi ymddeol, maen nhw'n dod wedi'u bedyddio'n barod, fel petai, ac roedd yr elusen oedd yn gyfrifol am ganfod cartrefi i'r cŵn hyn yn cynghori pobl i gadw'r enwau oedd ganddyn nhw, roedden nhw'n setlo yn eu cartrefi newydd yn well. Felly, cyd-ddigwyddiad oedd yr enw. Trafod hyn oedden ni pan gododd Lucy yn sydyn a dechrau cyfarth ar gornel o'r stafell. Doedd dim byd i'w weld yn y llecyn lle roedd Lucy yn syllu, ac eithrio hen ddesg sgrifennu Anti Mona, a chymerodd amser i'w chael hi i ymdawelu eto. Yn dilyn hyn byddai Lucy yn aml yn ymddwyn mewn ffordd ryfedd a hynny yn gwbl ddirybudd a heb unrhyw achos hyd y gallen ni weld. Prin bod dim yn peri pryder mwy na chi sy'n ymddwyn yn od. Ar ben hynny penderfynodd Lucy fod sawl stafell yn y Lluest Ucha yn amhosibl mynd mewn iddyn nhw; lolfa Mona oedd y waethaf, prin y gallai Lucy basio'r drws hyd yn oed, ac roedd hi'n pallu mynd i sawl un o'r stafelloedd lan lofft. Yn wir, ar ôl yr wythnos gyntaf, roedd hi'n anffodus o amlwg taw dim ond dau neu dri lle yn y tŷ oedd yn dderbyniol iddi: y gegin, y stafell ymolchi isaf newydd ac un stafell ar y llawr oedd mewn rhan o'r tŷ a adnewyddwyd yn ddiweddar gan Harri a finnau. Mewn geiriau eraill roedd yr hen dŷ i gyd yn annioddefol iddi, i bob pwrpas. Yn y diwedd roedd hi'n gwrthod yn llwyr mynd lan lofft. Cawson ni'n dihuno ganddi gefn trymedd nos yn udo sawl gwaith. Doedd dim cyfrif am yr ofnusrwydd hyn. Yn ôl Jonty, Lucy oedd y ci mwya digyffro yn y byd fel rheol.

Rwy'n dod nawr at yr unfed ar ddeg ar hugain o Hydref. Dyddiad bythgofiadwy. Drwy'r dydd bu Jonty dan hwyliau tywyll ofnadwy na allai ymysgwyd ohonyn nhw. Cododd yn ddiweddar ac wedyn aeth yn syth i'r lolfa i orwedd ar y soffa. Erbyn y diwetydd cawson lond bol ar ei gwmni diserch, felly dyma fi'n dodi Lucy ar dennyn ac yn mynd am dro i'r pentre marw. Roedd hi wedi gwneud diwrnod mwyn iawn ac wrth i mi a Lucy ddringo lawr y twyn roedd hi'n dechrau nosi. Safai sgerbydau'r hen dai o'n blaenau gyda chysgodion y cyfnos yn cywain o'n hamgylch. Roedd y distawrwydd fel mantell o'n cwmpas. Yna, wrth ddynesu at yr adfeilion agosaf disgynnodd rhyw ludded anghyffredin arnaf. Sefais am funud neu ddwy a chau fy llygaid.

Bydd y rhan nesaf yn anodd ei llyncu. 'Na gyd dwi'n gallu gwneud yw dweud be ddigwyddodd i mi, gan ei gofnodi mor ffyddlon ag y galla i er mor anhygoel ydyw. Pan agorais fy llygaid eto, allwn i ddim cael y ffocws yn ôl am dipyn. Ac wedyn nid oedd yr hyn roeddwn i'n ei weld yn gwneud unrhyw synnwyr i mi. Yn y lle cyntaf roedd hi'n niwlog ac yn dywyllach nag o'r blaen. Yna, gwelais fod golau yn ffenestri pob un o'r adfeilion bach. Yn wir, doedden nhw ddim yn adfeilion mwyach, eithr yn dai cyflawn a phob un â'i do yn gyfan, a drysau a ffenestri gwydr a waliau llawn lle bu bylchau a cherrig drylliedig. Deuai mwg o gorn simdde sawl un. Pan edrychais ymhellach sylwais fod holl dirlun y cylch wedi newid. Allwn i ddim bod yn siŵr fy mod i'n sefyll yn yr un man – ond gwyddwn nad oeddwn i wedi symud cam – ac roedd y pentre byw wedi diflannu a'r pentre marw wedi dod yn fyw. Roedd y lle yn ferw o weithgarwch – roedd criw o ddynion yn clebran â'i gilydd, yn smygu, pob un â'i gap ar ei ben, ei fwstásh dan ei drwyn; menywod yn mynd a dod rhwng y tai; y drysau ar agor; plant yn chwarae, dau grwtyn yn rhedeg gyda phêl. Y menywod yn gwisgo ffedogau. A dyna lle oedd Pentir yn ei gyfanrwydd, a finnau yn sefyll wrth ei ochr, blodau yn yr ardd, y glwyd wedi'i pheintio yn wyn. Gallwn weld i mewn drwy'r ffenest. Lampau olew oedd yn goleuo'r gegin. Yn sydyn, daeth dyn mawr tal anghyffredin, cawr o ddyn blonegog, i sefyll yn y drws, yn llewys ei grys, cadwyn arian yn ei wasgod. Roedd e'n flêr ac roedd rhywbeth brwnt amdano, ym mhob ystyr y gair. Edrychodd i'm cyfeiriad ond doedd e ddim yn fy ngweld i. Yna, cododd ei lygaid ac edrych lan, a phan ddilynais ei drem gwelais ei fod e'n syllu i gyfeiriad y Lluest Ucha. A dyna lle safai y Lluest yn union fel roedd e gyda'i ffenestri bach cyn inni'i adnewyddu, golau isel yn rhai o'r ffenestri y tu ôl i'r llenni a'r rheini wedi'u cau'n dynn.

Yna, cyfarthodd Lucy, a diflannodd y cyfan. Roeddwn i'n sefyll yn y gwyll eto ymhlith yr adfeilion. Dim ffenestri na drysau, dim golau, a phopeth yn ddistaw ac yn farw. Ochr draw dyna lle oedd y pentre byw â'i gymysgedd o dai newydd a hen eto.

Mater o eiliadau barodd yr holl brofiad er nad oeddwn i'n ymwybodol o amser ar y pryd. Ac wrth edrych yn ôl nawr, yr unig ffordd y gallwn i gyfrif am y digwyddiad yw fy mod i wedi llithro yn ôl mewn amser, rywsut. Roedd y gorffennol wedi ymrithio ac wedi atgyfodi o'm cwmpas. Nid fy nychymyg oedd hyn ond gwir orgyffyrddiad rhwng y presennol a diwedd y pedwardegau. Does 'da fi ddim syniad sut oedd modd i hyn ddigwydd, sut oedd hi'n bosibl, os oedd hi'n bosibl hyd yn oed. Dwn i ddim os oeddwn i wedi cwympo drwy ryw fath o dwll mewn amser yn ôl i'r gorffennol, neu a oedd y gorffennol wedi cael ei sugno yn ôl i'n hamser ni fel y gallwn i weld yr hen bentre bach fel yr oedd e yn ei ddydd. Pam? Dwn i ddim.

Go brin y byddai neb arall yn fy nghredu a mwy na thebyg byddai rhai yn dadlau fy mod i wedi gweld rhyw fath o rith, o bosib am fy mod i wedi bod yn meddwl am yr hen bentre cymaint. Ond, does dim ots 'da fi beth fyddai neb arall yn ei ddweud, fe welais i'r plant 'na, y lampau olew yn y ffenestri, y menywod yn eu ffedogau, gwynto mwg cetyn y dynion yn yr awel. A gwelais y cymeriad ffiaidd hwnnw ar bwys Pentir yn syllu tua'r Lluest Ucha gyda dyhead a thrachwant yn ei lygaid.

Doeddwn i ddim yn ei gredu fe. Stopiodd y trên eto. A'r tro hyn ymddangosodd y ferch welw o berfeddion y cerbydau. Nid bod ganddi unrhyw oleuni ynglŷn â'r sefyllfa, dim ond mwy o sothach i'w gynnig inni. Ac aeth Merfyn amdani gan brynu coffi arall a bisgedi. Fel ambell unigolyn eithriadol sy'n byw ar fwydydd afiach, alcohol a sigarennau, roedd Merfyn, yn groes i bob rhesymeg a thegwch, yn denau fel llathen ac mor iach â chneuen. Creadur bywiog, nerfus oedd e, na allai setlo nac ymlacio. Synhwyrwn fod rhyw ffwrnais yn ei fol yn llosgi'r holl sorod a lwythai i'w gorff, gan ei drawsffurfio yn arian byw ffisegol. Wedi iddo dorri'r pacedi a llyncu hanner cynnwys y cwpan steiroffôm roedd e ar dân i gario ymlaen â'i stori.

Rhuthrais yn ôl i'r Lluest Ucha i rannu fy mhrofiad gyda fy mab. Ond pan gyrhaeddais, y peth cyntaf a ddigwyddodd oedd bod Lucy yn pallu mynd yn agos at y tŷ o gwbl. Er i mi ei thynnu a'i gwthio a cheisio dwyn perswâd arni, doedd dim yn tycio. Yn y diwedd penderfynais ei dodi yng nghefn fy nghar – allwn i ddim agor car ei meistr gan fod hwnna wedi'i gloi. Wedyn es i mewn a galw ar Jonty. Dim ateb. Galw eto. Distawrwydd. Yna, es i mewn i'r pasej a gweiddi'i enw. Daeth i sefyll ar ben y grisiau, â golwg ofnadwy arno, ei groen fel tudalen o bapur gwyn. Daeth e lawr ac aethon ni i'r gegin. Ces i'r hanes i gyd ganddo, yn un llinyn o eiriau rhibidirês. Pendwmpian yn y lolfa fawr oedd e pan glywodd e glec ofnadwy a atseiniodd drwy'r tŷ i gyd. Roedd e wedi 'nghlywed i'n gadael gyda Lucy – yn wir, cyn mynd roeddwn i wedi gweiddi arno i ddweud fy mod i'n mynd â'r ci am dro – felly roedd e'n ofni bod rhywun wedi torri mewn i'r tŷ. Aeth i chwilio ym mhobman, ond allai fe ddim gweld dim o'i le yn unman, dim ffenestri wedi torri, dim drws ar agor. Dal i edrych o gwmpas oedd e pan glywodd glec arall. Ond roedd hi'n amhosibl dweud o ble roedd y sŵn yn dod. Teimlai fel petai'n dod o berfedd y tŷ'i hun. Yna, wrth iddo chwilio am achos y glec lan lofft fe glywodd sŵn pobl yn siarad yn un o'r stafelloedd. Clywai dri llais. Lleisiau dynion ifanc ond ni allai ddeall y geiriau. Agorodd y drws i'r stafell yn sydyn, ond roedd hi'n wag. Cafodd ei ddychryn gan hyn ac roedd e'n dod lawr y grisiau pan glywodd glec arall yn mynd trwy'r tŷ a gwelodd rywbeth yn pasio gwaelod y staer. Aeth e'n ôl i'w stafell ei hun a chau'r drws ar ei ôl a dodi cadair yn ei erbyn. Yna fe glywodd glec eto a atseiniodd drwy'r tŷ i gyd a thrwy'i gorff ei hun. Erbyn hynny roedd e wedi'i ddychryn am ei fywyd. Yna, clywodd sŵn chwerthin. Dyn yn chwerthin y tu allan i ddrws ffrynt y tŷ. Byddai fe wedi neidio mas o'r ffenest, meddai, ond roedd hi'n rhy uchel. Roedd e'n crefu arna i i ddychwelyd. Ond wrth iddo gwato yno yn ei stafell ac aros amdana i a Lucy, fe glywodd ragor o seiniau annifyr drwy'r holl adeilad a'r tu allan. Pan glywodd y fi yn galw'i enw, ar y dechrau amheuai taw fy llais i oedd e. Arhosodd nes i mi alw sawl tro cyn ateb a dyna pryd y daeth e lawr y grisiau.

Roedd ei gorff yn crynu ac roedd e'n moyn mynd yn syth. Gofynnodd ble oedd Lucy a phan ddywedais ei bod hi wedi gwrthod dod i mewn gwelodd Jonty hynny fel cadarnhad bod rhywbeth mawr o'i le yn y tŷ. Ches i ddim cyfle i sôn am fy mhrofiad i yn y pentre marw gan iddo fynd i'w lofft i bacio'i gesys, ôl Lucy o'm car i a'i throsglwyddo i'w gar ei hun, ac ar ôl ffarwelio yn frysiog, bant ag ef.

Roedd y rhestr o'r rhai a gafodd eu dychryn gan y Lluest Ucha yn cynyddu; Avril, Seroca, Cosmo, Harri a nawr Jonty – a Lucy os gellir cyfri anifail.

Ac wedyn dyna lle'r oeddwn i eto, ar fy mhen fy hun yn y

tŷ, a hynny yn dilyn fy mhrofiad rhyfedd yn y pentre marw, a hithau yn nos galan Gaeaf.

Ond roedd y tŷ yn llonydd. Es i'r gwely a chysgu'n sownd drwy'r nos.

Credais fod nos galan Gaeaf dawel yn profi nad oedd dim i boeni amdano ond… Wyddwn i ddim fod y noson ddigynnwrf honno yn rhagarwydd o'r aflonyddwch oedd i ddod.

Cwnnais yn hwyr. Tachwedd y cyntaf. Teimlai'r tŷ yn ofnadwy o wag heb Jonty a Lucy. Am y tro cyntaf ers misoedd ces i gnofa o ansicrwydd. Gwelais ddyddiau f'ymddeoliad yn ymestyn yn bell i'r pellter o'm blaen i, tebyg i staerau hirion tywyll yn arwain i lawr i ryw ddwnsiwn fel y fagddu. Disgrifiad dramatig, efallai, ond diflastod ac unrhywiaeth gweddill fy mywyd oedd yn ymddangos yn arswydus i mi ar y pryd. Ac ar ben hynny gallwn weld ffolineb fy mhenderfyniad i fyw mewn tŷ mor enfawr ar fy mhen fy hun, mewn llecyn mor anghysbell. Tŷ a ddylai fod yn gartref llawn pobl, plant, ymwelwyr. Prin y gallwn ddenu neb o'm cydnabod i ddod i sefyll gyda fi. Roedd y Lluest Ucha wedi achosi rhwyg rhyngof fi a'm partner a'm teulu. Eto i gyd, bryd hynny doeddwn i ddim yn coleddu unrhyw syniadau ynghylch gadael y lle. Roeddwn i'n dal i fod yn llawn brwdfrydedd i ddysgu am hanes Cwmhwsmon ac i adnewyddu fy mherthynas â Chymru a'r iaith. Y Lluest Ucha oedd fy nghartref ac roeddwn i wrth fy modd yn ei goflaid helaeth, ei erddi ysblennydd a'r golygfeydd o'i gwmpas. Teimlwn yn gyfforddus yno, yn rhydd, o'r diwedd, o fyd crafanglyd, cystadleuol y ddinas a'i mwstwr a'i pheryglon. Cawswn well na deng mlynedd ar hugain o hynny.

Penderfynais fod rhaid i ŵr sydd wedi ymddeol gael cynllun ar gyfer pob diwrnod; rhaid iddo lunio fframwaith ar gyfer ei ddyddiau – dyna'r unig ateb i'r ddelwedd o'r staerau tywyll yn arwain i'r dwnsiwn. Rhaid wrth fformiwla, amserlen, patrwm, hyd yn oed os yw'n didoli oriau ar gyfer lolian, gorffwys ac ymlacio. Wedi'r cyfan, teimlwn fod gyda fi'r hawl i wneud pethau wrth fy mhwysau, pe dymunwn. Nid fy mod i'n dymuno byw bywyd segur o hynny ymlaen eithr bod dim rhaid teimlo unrhyw euogrwydd pe na bai pob awr yn llawn i'r ymylon â gweithgareddau ac adloniant. Felly, ar ôl i mi gael coffi cynta'r dydd, fe fyddwn – meddwn i wrtho i fy hun – yn mynd i'r dref i ôl neges, ymweld â'r amgueddfa i wneud tamaid o waith ymchwil ar hanes Cwmhwsmon eto, dod sha thre, mynd am dro gan ymestyn fy adnabyddiaeth o'r ardal, dychwelyd eto a darllen. Gweithiodd y cynllun hwn nes i mi ddod yn ôl o'r dre. Des i'r gegin a dyna lle roedd y ddol yn eistedd ar y ford. Sefais yno am dipyn gan syllu arni a cheisio cael esboniad rhesymegol i gyfrif amdani. Doeddwn i ddim wedi sylwi arni yn y bore wrth i mi fwyta 'mrecwast ac yfed fy nghoffi wrth y ford honno. Ond mae'n bosibl imi fod yn rhy gysglyd i'w nytyso – ond dyna lle roedd hi'n eistedd ar ganol y ford, felly doedd yr esboniad hwn'na ddim yn dal y dŵr i gyd. Piciais yn fân ac yn fuan i'r parlwr i edrych ar y cas gwydr lle bu'r ddol. Roedd drws y cas yn dal dan glo a lle gwag, wrth gwrs, lle bu'n sefyll. Nawr, 'te, roedd Jonty newydd adael. A oedd hi'n bosib, tybed, ei fod e wedi tynnu'r ddol o'r cas gwydr, a'i gloi ar ei ôl, a mynd â hi i'r gegin i edrych arni cyn iddo gael ei ddychryn gan y cleciadau? Ie, dyna'r eglurhad, mae'n debyg. Ond, roeddwn i'n dal heb f'argyhoeddi na fyddwn i wedi sylwi arni amser brecwast. Ta beth am hynny, es i â'r ddol yn ôl i'w lle yn y cas gwydr a'i chloi hi yno. Hefyd, newidiais y nodyn,

Tachwedd y cyntaf

Gyda herc stopiodd y trên. Roedd rhyw deimlad terfynol i'r arhosiad hwn. Yn y man daeth cyhoeddiad dros yr uwchseinydd yn gofyn inni adael y trên gan na allai symud ymhellach oherwydd problemau technegol. Byddai tacsi yn cael ei ddarparu i fynd â theithwyr weddill y ffordd i Aberdyddgu.

Casglodd Merfyn a finnau ein bagiau a dringo lawr o'r trên. Braf oedd hi i estyn coesau a blasu awyr iach. A dyna lle'r oedden ni yn Llanhowys. Roedd yno blatfform ond dim math o stafell aros. Ond roedd yno ryw fath o gysgod o sied a gweddillion to arno fel lle i gysgodi a hithau'n arllwys y glaw. Roedd mainc yno ond roedd hi'n rhy wlyb i eistedd arni. Yn y tywyllwch o'n cwmpas ni allen ni weld golau unrhyw adeilad, felly roedd lleoliad yr orsaf ddiorsaf hon yn dipyn o ddirgelwch. Pwy yn y byd fyddai'n dewis disgyn o drên neu'n dal un yn y twll diarffordd hwn?

'Wel,' meddai Merfyn mewn ymgais i reoli'i anfodlonrwydd, 'dyw hi ddim yn bell nawr.'

Doedd gyda ni ddim amcan pryd y deuai'r tacsi.

Yna, gyda herc arall, symudodd y trên gan fynd yn ôl y ffordd y daethon ni gyda rhwyddineb hollol wrthgyferbyniol i'r hwyrfrydigrwydd a brofasai Merfyn a finnau.

Yn y glaw a'r gwynt a'r tywyllwch oer, a ninnau fel dau aderyn truenus yn cwato wrth ochr ein gilydd dan y rhecsyn o do hwnnw, ailafaelodd Merfyn yn ei stori.

Mewn cystadleuaeth rhwng fy nheulu a'm ffrindiau ar y naill law a'r Lluest Ucha a Chymru ar y llaw arall, yr hen dŷ, fy nghartref newydd, gariodd y dydd. Doedd dim ffordd arall o'i gweld hi, roedd y Lluest Ucha wedi disodli pob perthynas arall o bwys yn fy mywyd. A rhaid imi gyfaddef gyda pheth cywilydd, ar ôl rhyw bythefnos yno doeddwn i ddim yn gweld eu heisiau. Wel, nemor ddim. Gallwn i gadw mewn cysylltiad â'r plant drwy eu ffonio neu eu he-bostio o lyfrgell y dref. A bob yn dipyn, bob yn ddiwrnod bron, roedd y cof am Harri yn dechrau pylu.

Roedd y tywydd yn dal i fod yn hydrefol braf a threuliwn oriau yn cerdded bob prynhawn a gyda'r nosweithiau. Roeddwn i'n dechrau dod i nabod y fro fel cefn fy llaw, fel y dywedir. Yn y Brenin roeddwn i'n un o'r hen griw bellach a chwrddwn â Bob a Maisie, Gwyn Hopcyn – anaml y deuai Gwenan gydag ef i'r dafarn – a Claude a Jilly yn rheolaidd, bron bob nos, yn wir. Roeddwn i'n dechrau magu tipyn o fol cwrw, yn anffodus. Daeth y dyddiau hamddenol, diofid a diamrywiaeth hyn yn hyfrydwch pur imi. Doedd dim o'i le ar fod yn hen ŵr segur, diog, heb unrhyw amcan i'w gyflawni ond plesio'i hun. Roedd natur ddigyffro a thawelwch cefn gwlad yn falm i'r ysbryd.

Cerdded 'nôl o'r Brenin oeddwn i un noson a hithau'n tynnu at y Nadolig. Roedd hi'n dywyll ofnadwy, dim lleuad, dim sêr, ond doedd dim angen golau arna i, mor gyfarwydd â'r ffordd oeddwn i, ac wrth ddod trwy'r hen bentre marw ges i'r teimlad annifyr bod rhywun neu rywbeth yn fy nilyn i. Sefais a gwrando. Allwn i ddim clywed dim. Rhaid imi gofio, meddwn i wrthyf fy hun, bod y wlad yn llawn bywyd ar ôl iddi nosi. Byddai pobl yn mynd i gadw, ond dyna pryd y byddai adar ac anifeiliaid gwyllt a phryfed a chreaduriaid o bob math yn deffro ac yn dechrau'u gweithgareddau: tylluanod, stlumod a llygod o bob math, cadnoid, moch daear. Es i yn fy mlaen. Ond wrth i mi ddynesu at furddun Pentir gwelais ryw symudiad. Oedd, roedd rhywun yn sefyll yno. Roeddwn i'n siŵr. Melltithiais fy hun nad oedd tortsh 'da fi. Oedd rhywun yno yn barod i neidio mas ac ymosod arna i? Roeddwn i'n dwp i deimlo mor ofnus. 'Hylô?' gwaeddais. Fyddai ymosodwr ddim yn debygol o ateb. 'Pwy sy 'na? Dwi'n gallu'ch gweld chi yn glir.' A gallwn, fe allwn weld ffigur dyn anferth o dal a thew, er taw dim ond cysgod oedd e yn sefyll ar bwys gweddillion wal yr hen dŷ. Roedd fy nghalon yn curo. Pwy oedd hwn a beth oedd e'n ei wneud yno yn y tywyllwch? Ymwrolais. Wedi'r cyfan, dwi ddim yn foi bach. I'r gwrthwyneb. Doedd dim dewis ond ei wynebu. Caeais fy nyrnau yn barod a cherdded tuag ato. 'Hei,' meddwn i, 'be ti moyn?' Ond pan gyrhaeddais y tŷ doedd neb yno. Cerddais o gwmpas y waliau ddwywaith. Dim. Neb. Twyll y tywyllwch, meddwn i. Hunan-dwyll. Effaith sawl peint yn y Brenin. Awn i Aberdyddgu yn y bore i brynu tortsh. Ac ymlaen â mi. Es i mewn i'r tŷ yn ôl f'arfer drwy'r drws cefn, i mewn i'r gegin, ac yn syth fe deimlwn fod rhywbeth o'i le. Roedd popeth yn dawel, fel y buasech yn disgwyl, ond roedd yno ryw ansawdd gwahanol yn yr awyrgylch. A oedd rhywun wedi torri mewn? Es i'r parlwr gyntaf. Roedd popeth yn iawn yno. Yna symud oeddwn i gyfeiriad y llyfrgell pan glywais sŵn digamsyniol. Llefain. Ac nid llefain torcalonnus. Crio isel poenus, gofidus. Crio rhywun mewn perygl. Oedd rhywun yn y llyfrgell? Agorais y drws yn sydyn. A nac oedd, doedd neb yno.

Roeddwn i wedi cael fy nychryn o'r blaen ond y tro hwn aeth y sŵn drwy fy ngwaed.

Cefais hi'n anodd mynd lan lofft i'm stafell wely y noson honno. Fel tamaid o blentyn oeddwn i, yn gorfod cynnau golau bob cam o'r ffordd, ac wedyn wnes i ddim diffodd yr un ohonyn nhw ar fy ôl a chysgais, hyd y gallwn gysgu, gyda'r golau ymlaen drwy'r nos.

Wrth gwrs, ddigwyddodd dim byd anghyffredin nac anesboniadwy y noson honno.

Ond ar ôl i mi glywed y sŵn llefain newidiodd f'agwedd. Doeddwn i ddim eisiau rhedeg i ffwrdd fel y gwnaeth Avril, ac wedyn Seroca a Cosmo a Harri, ac yn ddiweddar Jonty a'i gi, Lucy. Roeddwn i eisiau siarad â rhywun. Ond pwy? Doeddwn i ddim yn nabod neb yng Nghwmhwsmon yn ddigon da eto fel y gallwn i rannu fy mhryderon â nhw. O leia, nid y pryderon hyn. Pa ymateb allwch chi ddisgwyl ei ennyn pan ddywedwch eich bod chi'n clywed pethach, bod pethau yn symud ohonyn nhw eu hunain, ac efallai'ch bod chi'n gweld pethach? Rydych chi'n colli'ch pwyll. Dydych chi ddim yn gall. Mae rhywbeth yn bod arnoch chi. Onid clywed pethau, clywed lleisiau, yw arwydd digamsyniol cyntaf gwallgofrwydd? Dyna fyddai f'ymateb i, beth bynnag. Rhaid chwilio am esboniad rhesymegol. Ond doeddwn i ddim yn siŵr y gallwn i ddod o hyd i hynny ar fy mhen fy hun. Ddim ar ôl clywed y wylofain yna.

Yn y bore daeth Bob Evans i weithio ar yr ardd. Roeddwn i'n falch i'w weld a theimlwn awydd mawr i siarad am fy mhrofiadau, ond roedd Bob yn greadur mor briddlyd, mor werinol, a'i draed mor sownd ar y ddaear, byddai fe'n siŵr o feddwl fy mod i'n drysu. Serch hynny fe es i'r ardd a chynnig fy help iddo. Roedd hynny yn fwy dymunol na sefyll yn y tŷ gan neidio mewn ymateb i bob smic o sŵn.

Roedd cymhŵedd a chloncian gyda Bob am ei deulu, y tywydd a chlecs y pentre yn fy atgoffa o normalrwydd. Dyma rywun yn siarad am ei blant a'u dywediadau doniol, am anwadalwch yr hinsawdd ac am ei ffrindiau a'i gymdogion wrth glirio'r dail a'r hen frigau. Dyma dystiolaeth fod popeth yn iawn, bod y byd yn ei le. Dyma ddyn â llond cert o synnwyr cyffredin.

'Dyna beth oedd crasfa,' meddai.

'Be?'

'Cymru yn erbyn Lloegr, w!'

Sbort oedd un arall o destunau ei sgwrs amrywiol. Elfen oedd yn atgyfnerthu'r argraff bod y dyn hwn yn ymwelydd o'r byd go iawn.

'Wel, chi'n cofio, Bob, sdim teledu 'da fi.'

'Sdim eisiau teledu, mae un i gael yn y Brenin, w! Ni gyd yn mynd i watsio'r rygbi yno,' meddai.

Roeddwn i ar fin rhannu fy mhryderon ag ef, ond sut byddwn i'n lleisio fy ofnau? Sut byddwn i'n eu rhoi mewn geiriau? O feddwl am ffordd i'w ddweud, wrth geisio ffurfio'r brawddegau yn fy mhen cyn eu llefaru, gallwn weld pa mor wirion y swniai'r peth i rywun mor solet a digwafrs â Bob.

Cofiais am Avril, ei sgarffiau, ei synnwyr seicig a'i 'theimladau'. Bob oedd ei gwrthwyneb perffaith. Doedd dim byd amdani ond cario ymlaen i helpu gyda'r clirio a'r cymoni a chlebran am bethau dibwys yn gyffredinol.

Ar ôl i Bob gwblhau'i dasgau ces i ginio cynnar ac es am dro i'r pentre marw. Prin y gallwn gadw draw, ac yn ôl f'arfer ces i fy hudo gan yr adfeilion. Beth yw hi am lefydd anghyfannedd sydd yn ein denu? Wedi'r cyfan, doedd gyda fi'r nesaf peth i ddim diddordeb yn y pentre ei hun, lle roedd pobl yn byw, ond roeddwn i'n dal i feddwl am y noson honno pan welais i bobl yn y tai hyn ac yn dymuno gweld hynny eto. Mewn ffordd y mae pob adfail yn dweud stori – a sôn ydw i am adfeilion diweddar, nid am gestyll a phyramidau na Chôr y Cewri a phethau fel'na, eithr am lefydd a adawyd i fynd rhwng y cŵn a'r brain o fewn canrif neu ddwy, lle mae'r hanes yn dal i fod o fewn cyrraedd, fel petai. A'r un stori, gydag amrywiadau, sydd i bob un o'r murddunnod diweddar hyn. Y plastai ysblennydd, y ffermdai mawr, y mwyngloddiau, y gwersyllfeydd, y motelau ar ymyl yr heol ymhell o bob man. Mae dau air yn crynhoi hanes pob un ohonynt – mentr a methiant.

Codwyd pob un ohonynt gyda brwdfrydedd ac optimistiaeth. Ac wrth wraidd cychwyn pob un o'r mentrau hyn roedd hadau'r aflwyddiant i ddod. Buddsoddwyd ynddynt ar y dechrau, mae hynny yn sicr, gyda rhai yn rhoi pob ceiniog goch ynddynt, eraill efallai yn benthyca, yn morgeisio yn fyrbwyll o bosib. Arloeswyr oedden nhw yn dodi'u ffydd yn y prosiect. Ond ymhlyg yn yr eiddgarwch hwn ar y dechrau roedd rhyw ddallineb, rhyw ffolineb ym mhob achos. Costiodd y plasty cymaint fel na allai'r perchnogion fforddio byw ynddo wedyn; sawl un o'r rheini sydd yng Nghymru? Roedd y ffermdy ar dir diffrwyth, y gwersyll a'r motél mewn lleoliad rhy anhygyrch ac anghyfleus, a'r mwynglawdd, fel yn achos Cwmhwsmon a sawl lle tebyg, yn ffaelu gwneud elw. Diwedd y gân oedd y geiniog. Methdalwyr oedd yr unigolion optimistaidd ar ddiwedd y dydd, a'r rhai a gyflogwyd ganddynt, y gweithwyr a'r gweision, trigolion y bythynnod hyn a dyrrodd yma i fyw ac i weithio gan freuddwydio am y dyfodol llewyrchus o'u blaenau, oedd y cyntaf i ymadael. Efallai'n bod ni'n gweld yn y llefydd hyn syniad o'r gobaith na chafodd ei wobrwyo, yr ysbryd a dorrwyd. Dyna pam eu bod yn llefydd mor swynol o drist. Mae peth o'r hyder wedi aros ynddynt yn ogystal â pheth o'r digalondid a'r dadrithiad.

Yn ystod y rhan yma o stori Merfyn fe beidiodd y glaw. Nid oeddwn i wedi sylwi gan fod ei lais wedi fy meddiannu. Ond yma bu'n rhaid iddo dorri'r hanes yn ei flas i ateb galwad natur. Aeth y tu ôl i'r sied. Edrychais draw i'r pellter. Dim ond düwch di-ben-draw. Caeais fy llygaid ac ymdrochi yn y distawrwydd. Bu ond y dim i mi gael fy ngoresgyn gan flinder a gallwn i fod wedi cysgu'n hawdd wrth bwyso'n erbyn ffrâm eiddil y sied. Dwn i ddim pa mor hir y sefais fel'na ar drothwy cwsg, ond cefais fy neffro gan ias oer. Oedd, roedd hi'n noson oer, ond roedd yr oerni hwn yn fwy penodol, yn debyg i gyffyrddiad. Agorais fy llygaid eto. Roedd hi'n ddu bitsh ac yn dawel fel y bedd ond teimlais fod rhywbeth yn y tywyllwch. Rhyw bresenoldeb, er na allwn weld na chlywed dim. Ar ben hynny fe synhwyrwn fod rhywun neu rywbeth yn fy ngwylio. Nace, nid Merfyn ble bynnag yr aethai hwnnw, eithr rhywbeth arall, peth annymunol, peryglus hyd yn oed. Peth od yw sôn am deimlo rhywun yn eich gwylio, wedi'r cyfan, yn anaml iawn bydd rhywun neu rywbeth yn ein gwylio heb inni fod yn ymwybodol ohono o gwbl, a dydyn ni byth yn gallu teimlo neb yn edrych arnom go iawn. Serch hynny, dan amgylchiadau arbennig, pan fo'r sefyllfa'n chwithig, fe gawn ni'r argraff fod llygaid wedi'u serio arnom, bod rhywbeth y tu ôl inni, yn edrych dros ein hysgwydd neu'n sefyll wrth ein hochr a ninnau'n gweld neb na dim. Fel'na y teimlwn i. Yn y gwagle o'm cwmpas dyfalwn fod rhyw elfen neu enaid, hyd yn oed, wedi llithro o stori Merfyn ac wedi ymuno yn anweledig â mi yn y nos.

Ble oedd Merfyn? Beth oedd wedi digwydd iddo? Cododd sgrech i'm llwnc. Ond cyn i mi'i rhyddhau ymddangosodd Merfyn eto o fy mlaen i.

"Na welliant,' meddai. Mor falch oeddwn i o'i gwmni eto. Mae'n bosib mai mater o funudau gymerodd hyn i gyd ond fe deimlai fel oriau. Wrth inni aros am y tacsi bondigrybwll aeth ymlaen â'i stori.

'Na chi beth annifyr yw cleren, ontefe? Cleren yn y tŷ. Yn hedfan ar hyd y lle ac yn gwneud y sŵn diflas 'na. Ych-a-fi, ffiaidd. Ac er eu bod yn hedfan fel pethau heb iot o hunanreolaeth, i bob cyfeiriad yn ddiamcan, unwaith rydych chi'n trial dal un mae hi fel petai'n gallu'ch synhwyro chi yn nesáu ati ac yn rhedeg i ffwrdd cyn i chi'i tharo hi gyda'r papur wedi'i rowlio neu'r slipar.

Wel, dyna be ddigwyddodd un diwrnod yn y Lluest Ucha. Ond diolch i'r gleren honno y des i o hyd i atgofion Mona Moffat. Un noson bu'r gleren yn fy mhoeni drwy'r prynhawn, yn mynd ar fy nerfau a'r mwstwr yn dechrau codi dincod arna i. Yn y diwedd doedd dim byd amdani ond ei hela gyda hen gylchgrawn. Ar ôl ei stelcian fel'na am sbel, ei lladd hi wnes i ar ddesg sgrifennu Anti Mona. Oni bai am y gylionen yna mae'n eitha posib na fyddwn i byth wedi sylwi ar y ddesg. Ond am y tro cyntaf, fel petai, edrychais arni gyda gwir sylwgarwch. Roedden ni wedi defnyddio rhai o'r drariau mawr ond beth am y drariau bach yn y cefn? Edrychais ynddyn nhw. Roedden nhw'n wag. Ond yna, yn un yn y canol, gwelais fod yna fotwm yn y gwaelod. Pwysais y botwm ac agorodd panel bach cudd. Ac yna oedd y papurau hyn. Es i â nhw i'r lolfa a dechrau'u darllen.

Nadolig

gan

Mona Moffat

Ond yn y diwedd y fi gariodd y dydd. Mae fe wedi mynd. Yn gymharol ifanc hefyd. Pum deg chwech oed oedd ef. Cancr aeth ag ef yn sgil oes o ysmygu cetyn pîb a goryfed a gorfwyta a gormod o bob peth. Gwynt teg ar ei ôl. Nawr rwy'n rhydd, eto, o'r diwedd. Caf grwydro hyd a lled Cwsmon heb ofni neb na dim. Myfi sy piau'r lle.

Nadolig. Beth mae'r gair yn ei olygu i chi, tybed? Yn fwy na thebyg fe fydd yn consurio darlun o'r teulu, tân mawr yn y parlwr, cinio arbennig, ambell i anrheg, coeden a thrimins; mewn gair – llawenydd. Nadolig llawen yn wir. Ond dim ond un Nadolig sydd yn aros yn fy nghof a hwnnw'n gorchuddio pob Nadolig ddaeth ar ei ôl ac yn dileu pob un a aeth o'i flaen.

Nadolig 1938 oedd hi a finnau'n dair ar ddeg oed ac yn dechrau blodeuo. Doedd hunllefau'r Rhyfel ddim wedi cyffwrdd â ni eto. Fy nhri brawd mawr yn dal yn fyw, Mam heb awgrym o'r tostrwydd a ddeuai i'w b'yta a 'nhad heb amcan o'r iselder a fyddai yn ei draflyncu cyn ei henaint naturiol.

Ond nid wyf i wedi rhannu'r atgof hwn â neb a wnaf i ddim yn awr tra fwyf ar dir y byw. Dim ond ar hon o ffurf ysgrifenedig. Chaiff neb ei darllen yn f'oes i ond efallai y caiff ei chyhoeddi flynyddoedd wedi i mi gael fy nghladdu, a bwrw y bydd gan rywrai ddiddordeb yn fy hanes bryd hynny. Ond yn awr gan fod DB wedi mynd dyma fi'n rhoi pìn ar bapur er mwyn i mi gael gwared ar y baich y bûm yn ei gario yn nirgel ddyn fy nghalon byth ers y Nadolig hwnnw.

Fel y dywedais, 1938 oedd hi ac fe ddechreuodd yr ŵyl yn ddigon traddodiadol, ac mor debyg i'r ddelwedd a amlinellwyd gen i ar y dechrau, gyda ni'n mynd i'r plygain fel teulu i'r hen gapel. Cerddon ni drwy'r tywyllwch boreol oer gan gario'n lampau olew. Rwy'n cofio'r mwffler bach gwlân a wewyd gan fy mam a wisgais am fy nwylo. Un glas oedd e – bryd hynny doedd neb wedi clywed yn ein bro ni am 'blue for a boy, pink for a girl'. Ymlaen â ni drwy'r barrug, lawr y twyn i'r pentre ac i'r capel. Roedd y ffordd yn beryglus ond bob tro y llithrwn, deuai un o'm brodyr, gafael yn fy mraich a'm cadw rhag cwympo.

Yn y capel roedd pob un o drigolion Cwsmon, ac eithrio ambell un o'r rhai mwyaf oedrannus a musgrell efallai. Canwyd yr hen ganeuon a charolau hyfryd a chyfarwydd. Yn dilyn y gwasanaeth dymunwyd bendithion y Nadolig ar bob un. Ond cyn inni ymadael gwahoddwyd rhai i'n cartref i ginio yn y prynhawn. Gwahoddodd Mam a 'nhad rai a gyfrifid ganddyn nhw yn dlawd. Fel Mr Thomas Rowland oedd yn dal i weithio yn y mwynglawdd, er ei fod wedi mynd yn drwm ei glyw ac wedi claddu'i wraig a phedwar o'i blant bach, a Mrs Blackburn bedwar ugain oed, oedd yn gloff ac yn dywyll. Ond cafodd fy mrodyr a finnau wahodd ein dewis o ffrindiau. Gofynnais i ddwy o'r ysgol ddod, Lisi Clark a Mair Webb; roedden nhw ill dwy yn yr un dosbarth â mi. Ffrind fy mrawd ie'ngaf Edward, Tedi i ni, oedd Dic Webb, brawd mawr Mair; roedd e'n un ar bymtheg ar y pryd. Ffrind fy mrawd John oedd Hopcin Harris Hopcin, bachgen nobl â'i fryd ar y weinidogaeth, yr un oedran â John, deunaw oed. A ffrind fy mrawd hynaf, Defi, oedd DB. Dyn dŵad a brynasai dyddyn Pentir oedd ei dad, a wnaeth e byth ddod yn un ohonon ni. DB oedd y person cyntaf yn ein plith oedd yn pallu'n deg â siarad Cymraeg. A llanc mawr anghyffredin oedd yntau. Bryd hynny cyfrifid unrhyw berson talach na dwy lathen yn gawr. Wel, roedd DB yn chwe throedfedd a saith modfedd ac nid yn dal yn unig ond yn fawr hefyd. Nid mewn ffordd gyhyrog, eithr yn debycach i das wair o ddyn, ei wallt du wastad yn anniben, ei ddwylo mawr fel palfau arth, bob amser yn frwnt, a'r anadl a ddeuai o'i enau dan frws o fwstás yn drewi. Roedd e'n hŷn na Defi o ryw flwyddyn bryd hynny ac felly yn ugain oed.

Gan fod cynifer yn dod i'n cartref a ninnau'n deulu mawr hefyd bu'n rhaid i Mam weithio yn y gegin drwy'r prynhawn wrth baratoi'r cinio. Nid bod cymaint o fwyd nac amrywiaeth i'w gael bryd hynny ag sydd y dyddiau hyn ond bod rhaid dibynnu ar y tân, gan nad oedd dim nwy na thrydan. Crefft oedd hi i gael y ffwrn i dwymo'n iawn a chadw'r gwres yn wastad. Roedd pob peth yn galed i Mam druan. Roedd hi'n gorfod llenwi tecil anferth trwm a berwi'r dŵr ar y tân a chymerai hynny hydoedd, dim ond er mwyn cael dŵr twym. Ond wedi dweud hynny roedd Mam yn feistres ar y cyfan ac erbyn i bawb gyrraedd am bedwar o'r gloch y prynhawn hwnnw, roedd y ford fawr wedi'i harlwyo a'r bwyd ar fin bod yn barod. Gŵydd enfawr oedd canolbwynt y cinio, peth anghyffredin o foethus bryd hynny. Edrychai'r stafell fwyta yn ysblennydd gyda'r danteithion a'r goeden Nadolig yn sefyll mewn cornel, darnau o gelyn ar bwys y platiau a chanhwyllau mewn sawl lle.

Wedi inni gadw dyletswydd briodol i'r ŵyl fe gladdwyd yr aderyn mewn dim o dro. Bwytaodd Thomas Rowland a Mrs Blackburn yn harti ac afraid dweud aeth y bechgyn ati i sgloffio'r cig a'r tatws rhost a'r llysiau a'r bara menyn gydag arddeliad. Bwytaodd DB fel petai ar ei gythlwng. Am bob taten gafodd pob un arall cafodd ef dair, am bob tafell o gig yr edn cafodd ef ddwy, ac am bob tafell o fara menyn cafodd efe dair neu bedair os nad mwy na hynny hyd yn oed.

Ond uchafbwynt ein gwledd oedd y pwdin. Bu Mam wrthi yn paratoi'r peth amheuthun hwn ers wythnosau, misoedd o bosib, yn cyfuno'r cynhwysion, y ffrwythau sychion a'r cnau a'r siwgr, yn eu troi bob yn awr ac yn y man yn y bowlen, ac yna ei bobi nes ei fod yn berffaith. Ac roedd Mam wedi cuddio ynddo ddarnau o arian, darnau tair ceiniog â phen yr hen frenhines arnyn nhw. Hefyd, meddai, roedd hi wedi cuddio rhywbeth arbennig i mi, heb ddweud beth yn union oedd e, ond fe wnaeth hithau'n siŵr bod y darn o bwdin a dorrodd i mi yn cynnwys y gyfrinach ddirgel hon. Buan y daeth y bechgyn o hyd i'w darnau arian bach lwcus hwy. Bu bron i Lisi Clark dagu ar ei hun hi. Roedd Mrs Blackburn wrth ei bodd am iddi gael dau bishyn tair a wyneb Victoria arnyn nhw.

Roedd hi a Thomas Rowland yn cofio'r frenhines yn dda, a'i mab y brenin Edward. Cofiai Mrs Blackburn ei 'ongladd' a'r hen gi bach yn dilyn yr arch – ei gŵr ddangosodd y llun ohono yn y papur newydd. Chwarddodd pob un pan gnodd fy nhad ei ddarn arian mewn cegaid o'r pwdin a bu bron â niweidio'i ddannedd. 'Prin mae 'nannedd fel mae 'ddi,' meddai.

Bwytais y pwdin yn ofalus er mwyn datguddio'r trysor. A beth oedd hi ond doli fechan wedi'i gwneud o dsieina. Dotiais ati. A dywedodd Mam taw Carys oedd ei henw a bod stori drist yn gysylltiedig â hi. Merch anghyffredin o hardd oedd hi ond balch. Un Nadolig fe'i gwahoddwyd hi a'i chariad Carlo i ddawns yn y dre, bell i ffwrdd. Gwisgodd Carys ffrog sidan denau, las, brydferth. Mynnodd ei mam ei bod hi'n gwisgo'i chot fawr, gan ei bod yn noson oer ofnadwy. Ond gwrthod a wnaeth Carys am y byddai'r got yn difetha'i delwedd. Teithient i'r dre mewn coets fach a cheffyl. Ond ar y ffordd fe aeth y ferch i deimlo'n oer. Tynnodd ei sgarff sidan yn dynn amdani, ond annigonol oedd honno, afraid dweud. Serch hynny, yn nes ymlaen, dywedodd wrth Carlo mewn llais gwan nad oedd hi'n teimlo mor oer bellach. Ond pan gyrhaeddodd y goets y ddawns roedd Carys yn ddistaw a'i hwyneb bron yr un lliw â'i ffrog sidan las. Roedd hi wedi sythu ac roedd hi'n farw gorn yno yn ei sedd yn y goets.

Nid oeddwn yn deall pam oedd y ddoli dsieina'n noethlymun borcyn os oedd Carys mewn ffrog sidan las. Pe bai Carys wedi mynd i'r ddawns yn noethlymun ar noson o aeaf byddai hi wedi marw'n siŵr, a fyddai neb wedi synnu ar hynny. Ond er gwaetha'r tristwch roeddwn i wrth fy modd gyda'r tegan, hanner maint fy mys bach. Mynnwn gario'r ddol gyda mi yn fy llaw weddill y noson.

Yn dilyn y cinio fe gawson ni dynnu cracers, pethau anghyffredin ac eitha newydd i ni bryd hynny, ac wedyn carolau a chwaraeon. 'Cymro yn chwilio am waith' oedd fy hoff gêm i, gêm a adnabyddir y dyddiau 'ma fel *charades*. Cyfleu gwaith rhywun gan ddefnyddio ystumiau yn unig oedd y dasg. Defi ni oedd y gorau. Fe wnaeth e bobydd yn rhwydd iawn, a saer maen. Ond DB oedd y mwya doniol ei ffordd wrth ddynwared y tasgau. Efallai nad oedd yn bwriadu gwneud inni chwerthin ond mor afrosgo a di-glem oedd e fel na allen ni beidio â gwneud hwyl am ei ben.

Mewn gwirionedd roedd yna ddau DB yn y parti y noson honno. Hwn oedd y DB cyntaf, digrif, cellweirus a chwareus.

Wedi inni flino ar y chwarae aethon ni i gyd i'r parlwr i siarad a chanu ar bwys y piano. Mam oedd yn chwarae'r piano. Canodd pob un rywbeth yn ei dro. Roedd gan DB lais swynol er gwaetha'i gorff afluniaidd.

Yna aeth fy nhad i bendwmpian yn ei gadair fawr wrth ochr y tân. Clebran am yr hen ddyddiau wnaeth Thomas Rowland a Mrs Blackburn.

'Beth am whare cwato?' gofynnodd Harris Hopcin, 'Mae hwn yn glamp o dŷ a chawn ni fynd mas i gwato hefyd.'

Cytunodd pob un ohonon ni'r bobl ifainc fod hyn yn syniad da. Aethai Mam i eistedd a siarad gyda Mr Rowland a Mrs Blackburn. Ni chymerai'r oedolion ddim sylw ohonom; pobl ifainc yn chwarae ac yn ein difyrru'n hunain oedden ni am un peth, a pheth arall, pobl ifainc bron â bod yn oedolion oedden ni. Doedd dim eisiau cadw llygad arnon ni drwy'r amser.

Doedd Mam ddim yn fodlon inni fynd lan lofft i chwarae ond caen ni fynd i bob man arall. Roedd yna ddigon o le i gwato yn wir; stafelloedd mawr niferus, cypyrddau mawr, cwtshys. I ble'r aeth y lleill dwi ddim yn cofio nawr, ond sibrydodd DB yn fy nghlust,

'Let's go outside, they'll never find us.'

Doeddwn i ddim eisiau sythu'n debyg i Carys, felly, gwisgais fy nghot ond anghofiais am y myff gan fy mod yn dal i gario'r ddol fach ar gledr fy llaw fel deilen neu flodyn.

Noson oer oedd hi ond heb fwrw eira ac yn anghyffredin o glir. Y sêr yn yr entrych yn dystion a'r lleuad yn debyg i lygad yn gwylio'r cyfan.

'Come,' meddai DB, 'we can go down the hill and hide in our barn. They'll never find us.'

Dywedais wrtho nad oeddwn i'n dymuno mynd ymhellach na'n gardd ni. Yn sydyn, cipiodd DB y ddol o'm llaw.

'You'll have to if you want this back.' Chwarddodd a rhedeg lawr y twyn i gyfeiriad y pentre. A rhedais innau ar ei ôl, er bod rhywbeth yn dweud wrtho i i beidio â gadael gardd y Lluest Ucha, allwn i ddim goddef y syniad o golli'r ddol. Doedd sgubor Pentir ddim yn bell o'n tŷ ni ac aeth DB i mewn. Roedd y llais yn dweud 'paid â'i ddilyn'. Ond unwaith yn rhagor wnes i ddim gwrando.

Roedd hi fel y fagddu oddi fewn a gwynt y gwellt a thail ac anifeiliaid yn llenwi'n ffroenau. Allwn i ddim gweld dim ac yn sicr allwn i ddim gweld DB.

Yna clywais ei wynt ar fy ngwar. Roedd e'n sefyll reit tu ôl i mi, rhyngof i a'r drws.

'Give me a kiss and you can have the doll and I'll let you go.'

Roeddwn i wedi licio'r DB ar ein haelwyd ni, hoffus, doniol, diniwed. Ond dyma'r DB arall a doeddwn i ddim yn licio hwn o gwbl. Safai y tu ôl i mi, yn dal ac yn fygythiol, ac yn rhy agos o lawer. Roedd ei anadl yn dwym yn erbyn fy ngrudd ac fe ddrewai.

'Just a little kiss and a feel.'

Trois i chwilio am y drws. Ond doedd dim sêr i'w gweld. Roedd drws y sgubor wedi'i gau.

Fentrwn i ddim sgrechian.

'You've had your chance,' meddai.

Y peth nesaf, ar wastad fy nghefn oeddwn i, a'r llawr yn frwnt ac yn ffiaidd. Doeddwn i ddim yn deall beth oedd yn digwydd na beth roedd ef yn treio'i wneud i mi. Ac eto i gyd ar lefel reddfol arall deallwn yn iawn.

Allwn i ddim disgrifio'r arswyd a deimlwn drwy fy nghorff i gyd, felly, wna i ddim treio'i ddisgrifio. Wna i ddim manylu ar y boen gorfforol chwaith. Roeddwn i'n siŵr ar y pryd y byddai yn fy lladd i ac y byddwn i'n marw yno yn y sgubor wrthun honno. Ble oedd fy mrodyr? Ble oedd Mam?

Yna, wedi i bob peth yn fy myd newid am byth, fe stopiodd. Rhowliodd ei gorff blewog trwm oddi ar fy nghorff a gallwn i anadlu unwaith yn rhagor.

'Don't say a word about this. You hear me? I'll know about it.' Cododd i sefyll, gallwn ei synhwyro yno, yn dŵr uwch fy mhen yn y tywyllwch. Gwisgodd ei drywsus. Clywais ef yn cau bwcwl ei wregys. Dal i orwedd ar y llawr caled ych-a-fi wnes i, yn pallu symud gan ofn a phoen.

'Get up. You're dirty now.'

Agorodd y drws. Gallwn ei weld yn sefyll yn y ffrâm, y sêr nawr y tu cefn iddo.

'Remember. Not a word.' Aeth y bygythiad yn ei lais yn ddwfn i mewn i mi ac mae'n dal i atseinio ynof o hyd.

Ches i mo'r ddol yn ôl.

Gwisgais a chodi a dechrau rhedeg lan y twyn i gyfeiriad y Lluest Ucha. Roedd y llwybr cyfarwydd wedi rhewi a llithrais sawl gwaith. Ond wnes i ddim llefain fel y byddwn i wedi gwneud cyn i mi fynd i mewn i'r sgubor yn gynharach.

Mewn gwirionedd roedd yna ddwy ohonof i y noson honno; y plentyn a aeth lawr y twyn a'r fenyw a ddringodd y rhiw ar ei phen ei hun. Roedd rhywbeth wedi caledu ynof yn syth, fel pwll o ddŵr yn troi'n floc o rew yn y gaeaf.

Daeth hi i fwrw eira yn drwm.

Gartref roedd pob un yn synnu fy ngweld wedi fy ngorchuddio gan blu gwyn.

'Ble yn y byd fuost ti?' gofynnodd Mam. 'Mae eisiau chwilio dy ben yn mynd mas ar noson fel hon. Dwi ddim cofio i ti fod mor ffôl erioed.'

'Dim rhyfedd allen ni ddim ffeindio ti,' meddai Mair Webb.

'Ai hi sydd wedi ennill y gêm?' gofynnodd Lisi Clark. Dal i chwarae gemau plant bach oedden nhw.

'Ble mae DB?' gofynnodd Defi.

Doedd neb yn gwybod

Ond am weddill ei oes fe wyddwn i ble oedd DB. Wedi'r cyfan, Pentir oedd y tŷ drws nesaf i'n cartref ni, a 'na gyd oedd yn rhaid i mi ei wneud oedd edrych mas drwy un o ffenestri'r llofftydd. Gallwn i ei weld e'n gweithio yn y cae yn aml iawn. Nid fy mod yn dymuno'i weld e. I'r gwrthwyneb. Bob tro y cawn i gipolwg arno teimlwn yn sâl. Âi ias ddychrynllyd drwy fy nghalon.

Ond wnes i ddim dangos hynny i neb erioed. Cleddais fy nheimladau dan fy mron. Daearais f'ofnau yn nyfnder pridd Cwsmon.

Ddywedais i'r un gair.

Yn y pellter gwelson ni olau car fel dau lygad melyn yn dod i'n cyfeiriad ni. Roedd y tacsi ar y ffordd. Miwsig i'n clustiau oedd acen Swydd Stafford. Serch hynny, wnaeth y gŵr hwn a lenwai pob modfedd o'r lle y tu ôl i olwyn y llyw gyda'i gorff anferth ddim symud o'i sedd gyffforddus i'n helpu gyda'n bagiau, wath roedd ganddo gefn tost, meddai fe.

Roedd e'n dacsi Llundeinig hen ffasiwn ac roedd Merfyn a finnau'n falch o hynny fel y gallen eistedd yn y cefn helaeth a gallai Merfyn gario yn ei flaen â'i stori.

Wrth gwrs roedd y Nadolig yn nesáu ac roedd hynny yn amlwg ers mis Medi pan oedd lluniau Siôn Corn i'w gweld yn y siopau. Beth oeddwn i'n mynd i'w wneud? Allwn i ddim mynd i Lundain at Harri a doedd dim gobaith y byddai fe'n newid ei feddwl ac yn dod ata i. Ffoniais Nici, Jonty ac wedyn Dendy ac wedyn Katie. Doedd dim un ohonyn nhw'n gallu dod. Neu, yn hytrach doedd dim un ohonyn nhw'n dymuno dod. Wnaeth neb ddweud hynny mewn cynifer o eiriau ond gwyddwn taw dyna'r gwir. Yn ôl Seroca doedd Cosmo ddim wedi dod dros ei ymweliad diwethaf – felly, doedd hi ddim yn ddrwg i gyd. Ond canlyniad yr ymgyrch ffonio ac e-bostio hyn oedd y ffaith blaen y byddwn i ar fy mhen fy hun yn y Lluest Ucha dros y Nadolig.

Doedd 'da fi ddim ots, meddwn i wrthyf fy hunan, ddim ffeuen o ots. A gallwn i fod wedi tyngu llw i mi argyhoeddi fy hunan o hynny ar y pryd.

Yna, wrth i mi feddwl amdanyn nhw, a meddwl am Cosmo cofiais am y teclyn canfod metal a adawsai ar ei ôl. Es i lan lofft i chwilio amdano.

Ar ôl cinio ysgafn cynnar, es i â'r teclyn lawr at yr adfeilion i weld a allwn i ganfod rhywbeth arall. O gofio am ein profiad â'r bocs gyda'r ddol ynddo nid oedd hynny yn syniad doeth iawn, efallai. Ond doedd dim byd wedi digwydd ers i mi glywed sŵn llefain – neu sŵn tebyg i lefain – ac roeddwn i'n dechrau credu fy mod i wedi drysu y tro 'na. Nace sŵn crio oedd e o gwbl ond y gwynt, canghennau yn bwrw yn erbyn y ffenest, rhywbeth fel'na, a finnau a Jonty wedi camddehongli pethau. Yn lle chwilio am yr esboniad rhesymegol, call, pam oedd ynon ni duedd i neidio at yr esboniad goruwchnaturiol? Am fod yr esboniad hwnnw yn haws na'r un rhesymegol yn amlach na pheidio. Sut cafodd yr iâr-fach-yr-ha ei hadennydd lliwgar ysblennydd? Esblygiad, drwy broses o ddewis naturiol dros filiynau o flynyddoedd... Na, na mae'n haws meddwl – Dywedodd Duw 'Ta-rá! Dyma iâr-fach-yr-ha'.

Wel, y prynhawn hwnna chwiliais yn ddyfal o gwmpas yr adfeilion ac ymhlith y cerrig a'r carneddau a chael – dim. Gwastraff amser. Tlodion fu'n byw ac yn gweithio yn yr ardal yna a doedden nhw ddim yn debygol o adael dimai ar eu hôl heb sôn am wasgaru sofrenni aur a thrysorau gwerthfawr ar hyd y lle. Felly, es i'n ôl i'r Lluest Ucha a'm crib wedi torri.

Yn lle mynd â'r teclyn canfod metal lan lofft eto dyma fi'n penderfynu ei ddodi i gadw yn y seler. Pam yn y byd doeddwn i ddim yn defnyddio mwy ar y lle hwnnw i gadw pethau nad oedd mawr alw amdanyn nhw? Felly, es i lawr a chynnau'r golau trydan. Roedd y lle yn enfawr o dan y tŷ. Roedd yno ddigon o le i gadw cruglwythi o bethau. Yr unig wendid yn y ddamcaniaeth honno oedd lleithder yr awyr a'r ffaith fod y rhan fwyaf o'r llawr yn ddim ond pridd. Roedd llechi wrth droed y staer bren a ddeuai i lawr i'r seler ac am rai llathenni o gwmpas hynny roedd peth tebyg i lawr pafin neu fflagiau cerrig, ond ymhellach draw dim ond daear rydd oedd hi.

Cyn i mi gadw'r synhwyrydd metal chwaraeais ag ef dros y llawr. Yna, cefais y syniad o fynd ag ef ar hyd y pridd i gyd. Pam lai? On'd oedd peth gobaith dod o hyd i rywbeth yma? Yn wir, roedd hyn yn well syniad o lawer na chwilio o gwmpas yr hen fythynnod. On'd oedd y Moffatiaid yn weddol gefnog? Siawns nad oedd yma hen swllt neu ddau, cadwyn aur, broets o bosib. Tyfodd fy mrwdfrydedd a dyma fi'n dechrau cribo'r llawr yn drefnus, gan ddechrau gyda'r corneli a'r wal bella a symud i mewn fesul stribed neu gŵys, fel aredig cae.

Ond gwaith diddiolch oedd hwn eto ac roeddwn i bron â danto pan gyrhaeddais ganol y seler a dyma'r teclyn yn ffrwydro canu. Roeddwn i wedi canfod rhywbeth o'r diwedd.

''Co'r gyrrwr, Merfyn', meddwn i, 'mae'n mynd i gysgu!' Sylwais fod y tacsi yn gwyro o'r heol bron. Agorais y pared gwydr rhyngom ni ac ef a gweiddi arno. Wrth gwrs, dim ond gwadu ei fod yn pendwmpian wnaeth e. Ond penderfynodd Merfyn a finnau fod yn rhaid inni gadw llygad arno a meddwl am strategaeth i'w gadw yn effro. Gofynnwn gwestiwn iddo bob hyn a hyn, chwerthin yn uchel, symud o gwmpas. Ond doedd dim modd anwybyddu'r ffaith fod y gŵr yn cael gwaith cadw ar ddi-hun. Bob nawr ac yn y man byddai'i ben yn mynd lawr a byddai'r tacsi yn colli'r ffordd, nes i'r gyrrwr ddod ato'i hun gyda herc. Roedd hyn yn waeth na'r trên. Wrth lwc doedd dim ceir eraill ar yr heol yr adeg honno o'r nos, neu'r bore yn hytrach, ond doedd y syniad o fynd benben â wal, neu goeden, neu dros ddibyn i ebargofiant, ddim yn apelio at Merfyn na finnau.

Er gwaetha'n pryder doedd dim stop ar Merfyn nawr.

Es i ôl trywel a gweithiais yn egnïol am ryw awr neu ddwy. A gweud y gwir, wrth durio wnes i ddim sylwi ar yr amser. Ond doedd fy ngwaith caled ddim yn tycio, doeddwn i ddim yn mynd yn bell iawn. Roedd angen rhaw go iawn er mwyn palu'n ddyfnach ac yn gynt. Ac erbyn hynny roedd fy nghefn yn fy mhoeni. Felly, doedd dim dewis ond rhoi'r gorau iddi am dipyn.

Es i lan i'r gegin i gael tamaid i f'yta ac i adennill fy nerth gyda'r bwriad o gario ymlaen â gwell darpariaeth yn y prynhawn. Felly, dyma fi'n paratoi salad â thafell o ham a chwlffyn o fara. Dodais y cyfan ar hambwrdd gyda mẁg o goffi a mynd ag ef i'r parlwr i'w f'yta wrth fy mhwysau. Eisteddais ar y soffa gan ddodi'r hambwrdd ar fwrdd coffi isel o'm blaen. Dyna pryd y cefais y teimlad bod rhywbeth ar y soffa wrth f'ochr. Trois fy mhen yn araf oherwydd, rywsut, roeddwn i'n gwybod cyn ei weld fod hwn yn rhywbeth na ddylai fod yno. A dyna lle'r oedd hi. Y ddol. Prin y gallwn gredu fy llygaid. Edrychais draw tua'r cas gwydr. Roedd y drws yn gaeedig. Codais a threio'r drws – roedd e dan glo o hyd. Sut oedd y ddol wedi dod mas? Bob? Bob oedd y person olaf ar y ddaear i chwarae tric fel'na. Unwaith eto, neidiodd fy meddwl at yr esboniad mwyaf afresymol, ac aeth ias lawr fy nghefn. Edrychais ar wyneb y ddol a meddwl fy mod i'n gweld rhyw sbeng yno.

Na, doedd hi ddim yn bosibl. Ni allai'r ddol ddod mas o'r cas gwydr ohoni'i hun. Doedd ei hwyneb peintiedig ddim yn gallu newid. Rhaid i mi gallio a meddwl am ryw eglurhad tebygol fyddai'n gwneud synnwyr. Tybed nad oeddwn i wedi codi drwy fy hun a dod lawr i'r parlwr a thynnu'r ddol mas a'i dodi ar y soffa? Efallai fy mod i wedi breuddwydio am Anti Mona, a chan fod y ddelw yn ei chynrychioli roeddwn i wedi chwilio amdani. Ond doeddwn i ddim yn cofio breuddwydio amdani, a hyd y gwyddwn i doeddwn i ddim wedi cerdded yn fy nghwsg erioed. Allwn i ddim credu'r ddamcaniaeth, ond ar y llaw arall allwn i ddim meddwl am un arall.

Beth bynnag, roeddwn i wedi cael hen ddigon ar y tegan annymunol. Cywrain neu beidio fe gynheuais dân yn y lolfa a dodais y ddol arno a'i gwylio'n llosgi nes nad oedd dim ohoni ar ôl. Wrth i mi wneud hyn fe groesodd fy meddwl i mi ddinistrio dau o olion bywyd Anti Mona drwy dân – ei llyfrau a'i phapurau, a nawr y cerflun hynod o gelfydd hwn ohoni a wnaed, yn ôl pob tebyg, gan un a oedd ag obsesiwn yn ei chylch. Teimlwn yn euog a theimlwn gywilydd am wneud hyn ond yn achos y ddol doedd dim dewis ond cael gwared ohoni.

Wedi f'adfywiogi es i lawr i'r seler eto gyda phâl dda ac ailafael yn fy ngwaith. A gwaith caled oedd ef hefyd. Doedd y pridd ddim yn feddal eithr yn gerrig mawrion i gyd a phob un yn gyndyn i ildio fel petai. Bob hyn a hyn treiwn i'r synhwyrydd metal dros y llecyn er mwyn cadarnhau fy mod ar y trywydd iawn a phob tro byddai'r teclyn yn sgrechian yn uwch na'r tro o'r blaen, cystal â dweud 'Dal ati Merfyn! Ti'n tynnu'n nes at y trysor cudd.' Roeddwn i'n argyhoeddedig fod yna drysor cudd, yn wir, ac roeddwn i'n pallu gwrando ar lais bach hirben yng nghefn fy meddwl a ddywedai, 'Ti'n gwastraffu amser, 'chan, dim ond hen fwced neu ran o hen wely sydd 'na.' Palais a phalais gan ddisodli'r cerrig mwya gyda fy nwylo fy hun, fy mysedd yn gorfod crafangu yn y pridd a'r baw tywyll oddi tanyn nhw i gael gafael ynddyn nhw a thynnu a thynnu wedyn. Ac o ddisodli un haenen dynn o gerrig roedd yna un arall. Ac yn y blaen. Ond bob yn dipyn roeddwn i'n mynd yn ddyfnach a'r twll yn tyfu, y cerrig a godwyd, ar wasgar ar hyd y seler. Rwy'n siŵr y byddwn i wedi cyrraedd y nod y diwrnod hwnnw oni bai i mi glywed rhywun uwch fy mhen yn y gegin. Roedd rhywun wedi dod i'r tŷ.

'Pwy sy 'na?' gwaeddais a disgwyl ateb gan Bob neu Maisie efallai, er doedd 'da fi ddim clem pam roedden nhw'n galw yn y diwetydd. Ni ddaeth ateb.

'Dere lawr, dwi yn y seler.' Dim ateb. Roeddwn i'n gyndyn i roi'r gorau i'r gwaith a finnau o fewn modfeddi i'r gwrthrych. Ond doedd dim amdani ond rhoi'r bâl i'r neilltu a mynd lan staer.

Doedd neb yn y gegin. Es i'r ddwy lolfa, y parlwr, y llyfrgell. Neb. Ai Dendy neu Jonty oedd e, yn chwarae 'da fi er mwyn i mi gael syrpréis? Es i lan lofft o stafell i stafell. Wrth gwrs, doedd yno neb. Sawl gwaith oeddwn i wedi gwneud peth fel hyn yn y tŷ hwn? Roedd hi'n prysur fagu naws hen ddefod neu draddodiad.

Roedd yna ddau bosibilrwydd – daethai rhywun i'r tŷ ac o ffaelu 'ngweld i yno fe adawodd; doedd neb yn y tŷ ond fel sy'n digwydd mewn hen dai mae estyll pren y lloriau yn ymestyn ac yn gwichian. Yr hen esboniad ystrydebol olaf 'na roeddwn i'n ei ffafrio gan i mi glywed y sŵn ar ôl i mi weiddi, byddai ymwelydd wedi ymateb siŵr o fod.

Ond mae'n ddigon hawdd i mi swnio mor ddifraw a gwrthrychol nawr a sôn am chwilio am esboniadau call a rhesymegol. Ond y gwir amdani ar y pryd oedd fy mod i wedi dychryn ac wedi fy siglo at fy seiliau, os dyna'r ymadrodd iawn.

Erbyn hynny roedd hi'n ddiweddar ac roeddwn i'n rhy flinedig i gario ymlaen gyda'r gwaith nac i fynd i'r Brenin am ddiod fach a thipyn o gwmni. Felly es i'r gwely, wedi blino'n gortyn. Cysgais.

Dihunais am hanner awr wedi chwech. Anarferol o foreol i

mi. A chyn i mi ymysgwyd o'r gwely fe orweddais yn llonydd gan foeli fy nghlustiau. Roedd rhan ohonof yn disgwyl clywed rhyw sŵn anghyffredin. Pam, wedi'r cyfan, oeddwn i wedi deffro mor gynnar a finnau mor flinedig? Ond doedd dim sŵn yn y tŷ, dim sŵn traed, dim llefain, dim cleciadau. Distawrwydd.

Es i lawr i'r gegin a hanner disgwyl gweld dol Anti Mona ar y ford eto. Ond, doedd dim dol. Ymlaciais wrth fwyta fy mrecwast – tost, wyau wedi'u clapo ac, afraid dweud, coffi du – a theimlwn fy mod i wedi llwyddo i ryddhau'r Lluest Ucha o afael Anti Mona. Bu'r weithred o losgi'r hen ddol neu'r ddelw ohoni yn fodd i gymodi a chael tangnefedd rhyngom.

Ond nid oedd hyn yn ddigon i gael neb i newid ei feddwl a dod ata i dros y Nadolig. Go brin y gallai neb wneud hynny a hithau bellach yn Rhagfyr yr ugeinfed. Ar y funud olaf anfonais nifer o gardiau Nadolig ac ambell i anrheg at rai teilwng ac annheilwng o'm serch. Yn hwyr yn y dydd hefyd fe ddodais goeden Nadolig fechan yn y parlwr a'i haddurno â pheth pleser. Felly, roedd popeth yn barod ar gyfer Nadolig bach tawel ar fy mhen fy hun yn y Lluest Ucha. Gallwn i bicio i'r Brenin, wrth gwrs, ond roeddwn i'n edrych ymlaen at ddiwrnod cyfforddus ar bwys y tân, yn darllen a gwrando ar gerddoriaeth, bwyd da, ambell i sieri a gwylio sawl clasur o ffilm ar y chwaraeydd DVD. Ond yn lle hynny darllenais ragor o'r atgofion a ganfûm i yn y drâr cyfrinachol. Ac yn syth cefais fy machu gan lais Anti Mona unwaith yn rhagor.

Atgof II

Aeth fy mrodyr ill tri i ymuno â'r fyddin yn ystod yr Ail Ryfel Byd. Aeth DB hefyd. Rwyf wedi dweud yr hanes yn fy hunangofiant *Pioden Wen, Pioden Ddu* fel y cafodd Defi a Joni eu diwedd dramor a'u claddu mewn gwledydd pellennig. Ac fel y daeth corff Tedi, yn dair ar hugain, yn ôl atom ni ac fel y'i claddwyd ym mynwent y pentre. Daeth DB yn ôl yn llond ei groen heb yr un anaf i'w gorff mawr hyll.

Buan ar ôl y Rhyfel y dechreuodd Mam waelu. Credaf taw'r sioc o golli'i meibion i gyd gychwynnodd y cancr. Yr un peth yn achos 'nhad. Wedi claddu'r bechgyn doedd dim goleuni yn ei fywyd. Dan amgylchiadau eraill dyna'r adeg y byddwn i wedi gadael y nyth, ond allwn i ddim. Fy nyletswydd i oedd edrych ar eu hôl nhw. Aeth y salwch â Mam yn glou iawn ond yn ei iselder llusgodd fy nhad ymlaen am bron i ddeunaw mlynedd arall, gan fy nghlymu wrth y Lluest Ucha a Cwsmon.

Roedd y pentre yn fyw bryd hynny, ac yn fywiog. Roedd gennym ein diwydiant a'n diwylliant ein hunain. Roedd y mwynglawdd yn dal i fynd a'r tyddynnod yn ffynnu. Roedd yr ysgol fach dan ei sang ac roedd teuluoedd ym mhob annedd a phob un yn nabod ei gilydd. Ac roedd pob un yn ein nabod ni, wrth gwrs, gan taw 'nhad oedd meddyg teulu'r fro a chariodd ymlaen i weithio hyd yn oed dan ei faich ei hun; o leia tan yn agos at y diwedd pan aeth y cyfrifoldeb o ofalu am iechyd pobl eraill yn drech nag ef. Roedd y cwm yn rhwydwaith o berthnasau a ffrindiau, yn gymuned o gysylltiadau agos. Afraid dweud, doedd dim cloi drysau wath doedd nemor ddim troseddau.

Ac am ben hyn i gyd roedd hi'n fwrlwm o weithgareddau a chydweithio. Rwyf wedi ymdrin yn fanylach â bywyd cymdeithasol y pentre yn barod yn *Pioden Wen, Pioden Ddu* ond alla i ddim cyflwyno hyn o atgof heb dynnu braslun eto o Gwsmon f'ieuenctid. Roedd gyda ni gorau, côr merched, côr meibion, côr plant. Roeddwn innau'n aelod o gôr y plant yn fy nydd ac wedyn yn aelod o gôr y merched, er nad oeddwn i'n fawr o gantores, doeddwn i ddim yn eos drwyn, er taw fi sy'n gweud, llais gweddol oedd gyda mi. Roedd gan sawl un yn y pentre leisiau hyfryd ac roedd yno amrywiaeth o offerynwyr gyda sawl un yn gallu canu piano. Roedd Mari Jane Jenkins yn delynores adnabyddus y tu hwnt i'r pentre a hithau wedi ennill gwobrau yn yr Eisteddfod Genedlaethol. Ar un adeg, roedd hyn cyn y Rhyfel mae'n debyg, roedd gennym barti cydadrodd dan hyfforddiant 'nhad a gipiasai lawryfoedd eisteddfodau mawr a mân.

Y capel, (Seion, yn naturiol), oedd canolbwynt llawer o'n gweithgareddau. Er i W J Gruffydd ddilorni hunangyfiawnder y capeli yn 'Gwladys Rhys' caem ni fodd i fyw yn ein cyfarfodydd, yr ysgol Sul, cymdeithas y chwiorydd, ysgol y gân, heb sôn am bleser cyfarfodydd y gwyliau, y Pasg, Cynhaeaf a'r Nadolig gyda'r plygain, yr wyf i wedi cyfeirio ato yn barod. Ar ben hynny, y tu allan i arweiniad y capel caem ffeiriau blynyddol: Gaeaf, Calan, y Gwanwyn, yr Haf, a thyrrai holl drigolion y pentre iddynt gan gymryd rhan mewn defodau a chwaraeon ac adloniant tymhorol. Yn aml iawn, pan fyddai'r tywydd yn ddymunol, aem yn griwiau o ffrindiau am dro yn y wlad a'r coed o amgylch y pentre. Hoff weithgarwch gen i fyddai ymuno â pharti hel llus neu fwyar duon ddiwedd yr haf.

Roedd e'n bentre uniaith Gymraeg (yr unig eithriad oedd DB a'i deulu; efe oedd y cyntaf i wrthod ymdoddi'n ieithyddol i'n cymuned, ond daeth eraill wedyn, wrth gwrs) ac roedd sawl bardd yn ein plith. Adnabyddid Charles Powell, gŵr a weithiai yn y mwynglawdd, fel Caradog Cwmhwsmon, ac efe oedd athro beirdd y dyffryn. Âi nifer o eginbrydyddion ato am wersi cynghanedd, ac yn eu mysg cyn y Rhyfel oedd fy mrodyr ill tri. Roedd Joni yn fardd addawol iawn a chyn iddo ymgofrestru roedd e'n gynganeddwr rhugl a allai raffu englynion wrth siarad, bron. Serch hynny, er mawr flinder iddo, Defi oedd y cyntaf i ennill ar yr englyn yn yr eisteddfod leol. Bu cryn dipyn o dynnu coes Joni ar gorn hynny wedyn.

Y noson o'r blaen a finnau'n cael gwaith cysgu, roeddwn i'n cofio'r holl bethau hyn ac yn gweld yr hen bobl gyfarwydd addfwyn fel petaen nhw'n byw o hyd a'r pentre sy'n prysur ddadfeilio'n gadwyn o sgerbydau segur erbyn hyn yn ferw gan fywyd unwaith yn rhagor. Ond yna ymgododd y cysgod tywyll o atgof annifyr rwyf newydd sôn amdano nawr rhwng yr atgofion melys bore oes hyn a gweddill fy mywyd. Ac ni allwn feddwl am ddim arall wedyn. Fe wawriodd arnaf bod y gorffennol yn ddarfodedig ac nad yw'n bod, yr hyn a wnaed a wnaed, ac ni all effeithio arnom mwyach. Ydy, mae hynny yn wir, i raddau. Ac eto i gyd, nid yw'n wir o gwbl. Mae'r gorffennol yn bodoli ynom ni ac mae'n dylanwadu arnom o hyd. Nid oes modd ei ddileu oherwydd y gorffennol sydd wedi'n creu ni, er gwell neu er gwaeth.

Yno stopiodd y tacsi ar ochr y ffordd ac aeth y gyrrwr mas i'r tywyllwch a phlygu a chyfogi. Wedi iddo arllwys cynnwys ei fol, yn llythrennol, fe benliniodd am dipyn cyn iddo ddisgyn i'r llawr yn gortyn llipa.

'Mawredd!' meddai Merfyn, 'ydy fe wedi marw, sgwn i?'

Aethon ni mas i'w archwilio'n betrus.

'Ych-a-fi,' meddai Merfyn, 'mae gwynt y cyfog 'na yn dweud y cyfan. Wedi meddwi oedd e.'

'Gyrrwr tacsi yn yfed wrth ei waith!' meddwn i.

'Cowboi,' meddai Merfyn.

Doedd dim amdani, gan nad oedd ein ffonau yn derbyn signal, ond mynd mewn i'r tacsi a chau'r drysau er mwyn cadw'n dwym, gorau gallen ni, wrth ddisgwyl naill ai i'r gyrrwr ddod ato'i hun neu ynteu i Samariad Trugarog ddod i'n hachub ni.

Yna adroddodd Merfyn ran arall o atgof Mona Moffat yn ei ffordd ei hun, yr hwn rwy'n ei gyflwyno yma yn llawn yn awr.

Atgof III

Mae'r twyn sy'n arwain i fyny at y Lluest Ucha yn golygu cymaint i mi. Yn fy mhlentyndod a'm hieuenctid awn lan a lawr y rhiw hwn nifer o weithiau bob dydd. Awn lawr at y siopau yn y pentre i ôl neges i Mam a byddai hithau yn rhyfeddu mor glou y byddwn yn dychwelyd. Awn lawr y twyn i'r ysgol, lawr at y capel ac i alw ar gymdogion a pherthnasau. Roedd y ddisgynfa yn rhwydd iawn. Gallwn gyrraedd y pentre o fewn mater o funudau. Ond ar y llaw arall gallai'r esgyniad fod yn waith caled, yn enwedig mewn drycin a'r gwynt a'r glaw yn dod i gwrdd â chi ac yn chwythu i'ch wyneb. A chyda'r blynyddoedd mae'r dringad fel petai wedi caledu. Nawr, ar drothwy henaint, rhaid i mi ddibynnu ar gerbyd modur i'm cludo. Ond ym mlodau fy nyddiau astudiwn y llwybr ar y ffordd lawr wrth ei gerdded. Llwybr llyfn oedd, ac yn wir, yw e ar y cyfan, ond mae yna dyllau a phyllau ynddo ac ambell wreiddyn coeden yn ei boncio. Yn anochel, o bryd i'w gilydd, pe bawn i'n rhedeg yn rhy gyflym neu'n ddiofal, yn y glaw neu'r tywyllwch, fe fyddwn yn baglu ac yn cael anaf yn sgil codwm ar y ffordd. Ac onid peth fel'na yw bywyd? Rydyn ni'n mynd lawr yn rhwydd, cas a chaledwaith yw'r ffordd lan. Rydyn ni'n cwympo'n aml ac yn amlach byth wrth fynd yn hŷn.

Pe bawn i'n dringo dros y bryn y tu ôl i'r Lluest Ucha ymestynnai'r olygfa i'r pellter yn rhostir gwyllt, heb yr un fferm nac anheddle i'r cyfeiriad hwnnw, wath taw tir corsiog sydd yno a bryniau ochr draw. Mae yno lwybrau unig sy'n arwain i lawr at ymylon y gors. Yno, yn nistawrwydd y gwyrddni, hoffwn synfyfyrio ar fy mhen fy hun. Cymunwn yno â rhyw fyd cynhanesyddol, cyn bodolaeth dynolryw. Cyfathrebwn mewn modd dieiriau gyda chyfanfyd cyngrefyddol.

Ond byrhoedlog yn aml iawn oedd y profiadau tangnefeddus hyn. Yn y pellter y tu cefn i mi, yn ôl dros y bryn, gallwn glywed seiniau beunyddiol y pentre, peirianwaith y mwynglawdd yn troi, ambell lais oddi wrth y trigolion ar adenydd y gwynt. Ond y sŵn a yrrai ias drwy fy nghorff oedd efe, ac yntau erbyn hyn wedi tyfu'n ffermwr mawr drwy gyfeddiannu mwy o erwau a mwy o stoc, yn chwibanu cyfarwyddiadau ar ei gi defaid wrth ddidol ei ddiadell. Wath doedd e ddim yn bell i ffwrdd. Doedd e byth yn bell i ffwrdd. Jyst dros y grib. Mater o lathenni oedd rhyngddo ef a mi. Pe dringai ef lan o'r caeau go brin y gallwn ddianc rhagddo. Ond wrth lwc, ni wnaeth hynny ddigwydd erioed. Creadur diddychymyg oedd e, ac fel y rhan fwyaf o'r pentrefwyr, cymerai'r bryn cyfagos yn ganiataol a phrin oedd ei chwilfrydedd ynghylch yr hyn a safai yr ochr draw iddo.

Wedi dweud hynny fe syrthiais i'w grafangau sawl gwaith dros y blynyddoedd. Roedd hynny yn anochel, mae'n debyg, a ninnau'n byw mor agos a neb yn gwybod dim am y ffordd roedd ef yn fy nhrin i. I bob golwg roedd e'n ddyn parchus, ac yn un o geffylau blaen y gymuned er gwaetha'i amharodrwydd i siarad yr un iaith â'r rhan fwyaf o'i gymdogion.

Pam wnes i ddim mynd rhywle arall i fyw? Sawl gwaith yr wyf i fy hun wedi gofyn y cwestiwn hwnna? Am fy mod i'n gorfod edrych ar ôl Mam a 'nhad oedd yr esgus yn y dechrau. Am fy mod yn caru'r Lluest Ucha ac yn caru Cwsmon yn fwy na dim. Allwn i ddim byw yn unman arall. Y cylch bach hwn oedd fy nefoedd, paradwys ar y ddaear. Ond bod y diafol, fel mae'n digwydd, wedi ymgartrefu drws nesa i mi.

Ac yna, un diwrnod, fel petai, sylweddolais ei bod hi'n rhy hwyr i mi ddianc. Roedd fy ngwreiddiau yn rhy ddwfn. Roedd fy ngwreiddiau wedi fy nghadwyno i'r fro ac yn sgil hynny wedi fy rhwymo wrth fy ngelyn pennaf.

Am flynyddoedd meithion, felly, buon ni'n byw fel'na, yn gymdogion agosaf. Gan fy mod wedi sôn am fy mywyd academaidd, a hynny o yrfa fel llenor y bûm i'n ddigon hy i'w nodi mewn mannau eraill ar ffurf hunangofiant, wath i mi heb â'i ailadrodd yma. Digon yw crybwyll wrth fynd heibio, fel petai, i mi fynd i'r coleg lleol a darllen am radd yno, a gwneud gwaith ymchwil yn yr un man, a chael fy nghyflogi gan yr hen *alma mater*. Teithiwn bob dydd ar y bysiau am flynyddoedd cyn i mi ddysgu gyrru a phasio'r prawf a phrynu car modur fy hun. Pasiwn Pentir bob dydd. Arhosodd DB ymlaen ar ôl i'r mwynglawdd fynd i'r wal a'r gweithwyr eraill ffoi fel llygod yn gadael llong ar suddo, gan chwilio am borfeydd brasach. Dyna pryd yr achubodd yntau ar y cyfle i ychwanegu at ei diriogaeth ei hun a phrynu caeau rhai o'r dynion oedd wedi ceisio cyfuno tyddyn â gwaith yn y mwynglawdd. Roedd rhai ohonyn nhw'n ddigon awyddus i werthu darn o dir er mwyn clirio peth o'u dyledion yn eu brys i chwilio am loywach nen. Canolbwyntiodd ar y fferm a chyda dycnwch a dyfalbarhad, heb sôn am styfnigrwydd a pheth lwc dda hefyd, fe ffynnodd ef lle roedd y rhan fwyaf wedi methu. Yn wir, am gyfnod o rai blynyddoedd, ni'n dau oedd unig drigolion rhan ucha'r cwm.

Fe briododd ferch o Wolverhampton. Magodd nythaid o blant.

Ar yr un pryd gadawyd tai a godwyd fel anheddau ar gyfer gweithwyr y mwynglawdd yn wag, nes iddyn nhw ddirywio a mynd rhwng y cŵn a'r brain. Nes lawr y cwm, er hynny, bu adnewyddiad bach yn y pentre wrth i rai ddod o ardaloedd eraill a chanfod dulliau amrywiol o gynnal eu hunain yn y lle bach diarffordd hwn, heb sôn am y rhai a ddaeth yma i ymddeol.

I bob golwg i'r gymuned o'n hamgylch, hyd yn oed wrth i honno weddnewid, hen gymdogion oedden ni heb unrhyw gysylltiad ar wahân i agosrwydd daearyddol damweiniol ein cartrefi. Cyfarchem ein gilydd pan groesai'n llwybrau yn y stryd, fel roedd hi'n anochel o ddigwydd mewn pentre mor fach.

Ond, o, mor dwyllodrus yw arwyneb dyfroedd tawel. Gallwn ddatgelu yma i mi ddefnyddio fy ngwaith llenyddol fel therapi, gan drawsnewid fy mhrofiadau mewn darnau fel yn nofel *Y Bygythiad*, ond hyd yn oed mewn ffuglen allwn i ddim cyfleu fy nioddefaint a'm dicter. Treuliais fy mywyd yn dal fy nhafod.

Maentumiai yntau, heb i neb wybod, heb i'w wraig gael achlust o'r peth, hyd y gwn i, ei fod yn fy ngharu i. Dyna'i derminoleg ef. Myfi oedd ei eilun, ei dduwies, a dywedodd wrtho i ei fod wedi gweithio model ohonof oedd, fe honnai, yn fy nghynrychioli gyda chywirdeb manwl perffaith – er na ddangosodd mohono i mi erioed (fe welir nawr wreiddiau'r ysbrydoliaeth ar gyfer *Y Bygythiad*). Fe gâi fy ngweld i bob dydd, fy addoli ar ei allor ei hun a'm cadw fel y dymunai ei wneud mewn gwirionedd, meddai, mewn bocs. Dychmygwch hynny os gallwch – mae'r dyn drws nesa yn dymuno'ch cadw chi'n gaeth mewn bocs.

Nid oedd y cysyniad o 'stalker' wedi cael cylchrediad eang

bryd hynny, ond cefais fy hela ganddo, cefais fy mhlagio ganddo fel y mae ysbrydion drwg, medden nhw, yn plagio hen dai. Am flynyddoedd dioddefais yn dawel ei lygaid yn fy nilyn, ei ymddangosiadau sydyn a dirybudd yn f'ymyl. Cefais fy hambygio ganddo. Un tro fe'i gwelais yng ngardd y Lluest Ucha, ac er na allwn brofi'r peth, cefais yr argraff ei fod wedi claddu rhywbeth yno yn rhywle. Am ddyn mor anarferol o fawr – a chyda'r blynyddoedd fe gynyddodd ei faintioli corfforol wrth iddo fagu pwysau nes ei fod yn anferth o dew erbyn ei fod yn ganol oed – ni fuasech yn meddwl y gallai gwato yn hawdd, ond roedd e wedi meistroli'r grefft o neidio mas o nunman, fel petai, gan fy nal yn annisgwyl, heb fy mharatoi.

Yno y byddai, wrth f'ochr, yn rhy agos, ei anadl ffiaidd (yn gyfuniad o oglau baco, diod a rhywbeth amhenodol o frwnt) ar fy ngrudd, ar fy ngwar. Ac fe allai hynny ddigwydd yn unman bron; yn y pentre, yn y siop, y tu allan i gapel Seion, yn y dre. Ac roedd ganddo'r ddawn i'm dal i fel'na, pan na fyddai neb arall wrth law a finnau yn ddiymgeledd. Wrth lwc, serch hynny, dim ond unwaith neu ddwy y ces i fy nghornelu yn llwyr ganddo fel y câi ef wneud fel y mynnai. Yn amlach na pheidio fe ddeuai rhywun o rywle mewn pryd, yn angylion gwarcheidiol anfwriadol, gan achub fy nghroen ar y funud olaf a difetha'i gynllwyn ysgeler ef.

Ond ei gast creulonaf oedd ei arfer o ddod lan i'r Lluest Ucha gyda'r nos, weithiau yn oriau mân y bore. Dyna pam taw y fi yn unig o holl drigolion y pentre a arferai gloi bob drws bob nos. Gwaeddai dan y ffenestri fel anifail gwyllt lloerig. Wrth lwc roedd pob un o ffenestri'r llawr yn rhy fach i'w gorff enfawr ef ddod trwyddynt hyd yn oed pe bai'n torri'r gwydr. Gwaeddai nerth ei ben ond ni ddeuai neb o'r pentre i'm hamddiffyn wath roedd pob un yn rhy bell i ffwrdd i'w glywed. Ei ystryw mwya ofnadwy, peth a gâi effaith waeth arna i na'r gweiddi hyd yn oed, oedd ei ganu. Canai yn swynol odiaeth, ond nid mewn modd i'm hudo, eithr pan ganai âi iasau drwy fy nghorff i gyd, gan beri imi wylltio a theimlo fy mod i yn mynd i golli fy mhwyll oni bai'i fod yn stopio. Ac fe lwyddai i wneud hyn drwy ganu nid yn Saesneg, ac nid yn Gymraeg, ond yn ei iaith ffug ei hun. Roedd hi'n garbwl, yn ddiystyr, yn iaith ddieflig, bron. A rhywsut fe wyddai ef fel yr effeithiai'i barabl afiach arna i, ac oherwydd hyn, er mwyn fy mhryfocio, fe ganai nes fy ngyrru o'm co.

Chefais i ddim teleffôn yn y Lluest Ucha tan y chwedegau. A phe bawn i wedi gallu ffonio am gymorth yr heddlu wedyn, faint o amser y cymerai iddyn nhw ddod yr holl ffordd o Aberdyddgu, dybiwch chi? Ni allwn i wneud dim ond cwato dan y blancedi, gan obeithio na fyddai'r drysau yn ildio i'w bwysau.

Er gwaetha'i ymgyrch anwar a didrugaredd fe lwyddais i gadw fy mhen. Chiliais i ddim unwaith. A chafodd hynny, gwyddwn i, yr effaith o'i wylltio yntau. Teflais fy hunan yn gyfan gwbl i'm gwaith – yma, eto, rhaid i mi grynhoi a hepgor manylion – ac ni lwyddodd ef i gael unrhyw ddylanwad andwyol ar ochr honno fy mywyd.

A bob yn dipyn fe wanychodd ef. Roedd e'n gorfwyta, yn smygu fel simdde ac yn yfed gormod. Pallodd ei iechyd. Ymadawodd ei wraig ag ef, er mawr syndod i bob un yn y pentre ac eithrio myfi. Aeth ei blant i ffwrdd a gadael Pentir ar y cyfle cyntaf. Ac fe'i gadawyd yno ar ei ben ei hun. Erbyn ei ddeugeiniau roedd e'n hen ddyn cyn ei amser. Erbyn dechrau'i bumdegau prin y gallai adael y tŷ.

Dyma rywbeth nad oes neb yn y cwm yn ei wybod. Wythnos cyn i'w gorff gael ei ganfod, roeddwn i'n pasio Pentir yn y car. Fel rheol fyddwn i ddim yn edrych i gyfeiriad y lle ond y bore hwnnw, drwy gil fy llygad, fe welais rywbeth gwyn yn symud wrth y drws. Allwn i ddim rhwystro fy hunan rhag troi fy mhen i edrych. Dyna lle roedd DB yn hanner sefyll, yn pwyso yn erbyn ffrâm y drws, yn borcyn ar wahân i lieiniau o'r gwely wedi'u lapio yn llac amdano. Prin y gallai'i gynnal ei hunan ac roedd ei groen bron mor wyn â'r llieiniau, er bod rheina'n ddigon brwnt. Gwaeddodd arna i,

'Stop, Mona, for God's sake,' plediodd. 'I feel terrible. I think I'm dying.'

Stopiais y car ac edrych arno. Oedd, roedd e mewn cyflwr truenus.

'Do something, Mona. Call a doctor, I'm begging you.'

Gyrrais yn fy mlaen ac es i'r gwaith yn y coleg, yn ôl f'arfer, a thraddodi darlith ar y Pedeir Keinc, gan ganolbwyntio ar stori Rhiannon. Pan ddes i adre'r noson honno doedd neb wrth y drws ac roedd hwnna wedi'i gau. Mae'n eitha posibl taw dyna'r diwrnod y bu ef farw, neu o fewn y diwrnodau canlynol. Beth bynnag, ni chafwyd hyd i'w gorff tan rhyw bythefnos i fis ar ôl ei farwolaeth, yn ôl y trengholiad.

Felly, dyna pam rwy'n teimlo'n rhydd i gofnodi'r hanes hwn am y tro cyntaf, er nad wyf yn dymuno'i gyhoeddi. Ac fel y gwelwch chi, hynny yw fel y gwelaf i nawr, o'r diwedd y fi gariodd y dydd.

Yna, yn sydyn, cododd gŵr y tacsi i'w draed, fel sombi yn cael ei adfywio. Wedi iddo besychu am dipyn ymddiheurodd a mynnodd ei fod e'n hollol iawn unwaith yn rhagor ac y gallai yrru weddill y ffordd i Aberdyddgu, nad oedd yn bell, wedi'r cyfan.

Ni chafodd Merfyn na finnau chwaith ein llwyr argyhoeddi ganddo, ond roedden ni'n dau'n rhy flinedig i ddadlau ac allen ni ddim meddwl am ffordd arall o gyrraedd pen ein taith. Ni ddaethai'r un Samariad Trugarog nac angel gwarcheidiol yr holl amser y bu'r gyrrwr yn anymwybodol. Felly, bant ag ef.

Roedd dyddiau eto tan y Nadolig, wrth gwrs. Ac felly, wedi cyflawni fy holl ddyletswyddau tymhorol roeddwn i'n rhydd ar y naill law ac yn segur gydag amser ar fy nwylo ar y llall.

Roeddwn i'n dal i arbrofi gyda rhyddid f'ymddeoliad cynnar. Un peth yw ymddeol, peth arall yw bod yn segur. Roeddwn i'n benderfynol o fod yn greadigol ac yn egnïol hyd y gallwn yn y cyfnod newydd yma yn fy mywyd.

Diddorol bod Mona wedi sôn am ei darlith ar y Mabinogi yn ei hatgof. Prosiect a osodais i mi fy hun oedd darllen y

Mabinogion i gyd yn Gymraeg. Ar hyd f'oes clywswn am y storïau hyn ond beth a wyddwn amdanyn nhw mewn gwirionedd? Y nesaf peth i ddim. Roedd 'da fi sawl esgus parod, wrth gwrs, i gyfri am yr anwybodaeth hyn. Doedd dim sylw wedi cael ei roi iddyn nhw yn ein hysgol ni lle roedd mwy o bwyslais ar Shakespeare a Jane Austen; prinder amser dan sawl dosbarth: pwysau gwaith, byw yn Llundain, gofynion teuluol, ac yn y blaen. Ond fy mhrif esgus, afraid dweud oedd nad oedd fy Nghymraeg yn ddigon da. Nace iaith y Mabinogion oedd iaith Mam na'r ysgol Sul na'n cymdogaeth ni. Doedd prinder amser ddim yn esgus bellach a doedd dim brys yn y byd. A chlywais i fod cyfieithiad ardderchog o'r chwedlau i'r Saesneg wedi ymddangos yn gymharol ddiweddar. Ond, roeddwn i'n benderfynol o'u darllen yn Gymraeg. Teimlwn y byddai'u darllen mewn cyfieithiad Saesneg, dim ots pa mor ragorol, yn fradwriaeth, cystal â chyfaddef nad fy iaith i mo'r Gymraeg. Doeddwn i ddim yn barod i wneud hynny nawr. I'r gwrthwyneb, roeddwn i'n awyddus i adennill a gwella fy Nghymraeg. Deellais, ar ôl i mi gael clonc gyda Gwenan Wyn Hopcyn yn y Brenin fod diweddariadau i Gymraeg cyfoes i gael; cymeradwyodd Gwenan yr un gan Dafydd a Rhiannon Ifans a diweddariad o'r Pedair Cainc gan H Meurig Evans ac o'r Tair Rhamant gan R M Jones. Llwyddais i gael gafael ar bob un o'r rhain mewn siop lyfrau ail law yn Aberdyddgu. Byddwn i'n dechrau eu darllen dros y gwyliau ac yn cario ymlaen wedyn. Pe bawn i ond yn darllen tudalen y dydd fe ddeuwn i ben yn y diwedd. Anghofiais yn llwyr am y peth metalaidd dirgel ym mhridd y seler.

Dyna un prosiect; un arall dan ystyriaeth oedd ymuno â chlwb marchogaeth y pentre. Doeddwn i erioed wedi reidio dim byd tebyg i geffyl yn fy myw ac eithrio ambell i asyn ym Mhorthcawl yn fy mhlentyndod. Roedd 'da fi awydd gwneud.

Roedd Claude a Jilly Luckhurst yn aelodau o glwb marchogaeth a dim ond wedi dysgu yn ddiweddar, ac roedden nhw tua'r un oedran â mi, ychydig hŷn efallai, roedd hi'n anodd barnu rhwng *toupé* Claude a llawdriniaeth gosmetig gelfydd wyneb Jilly.

Peth arall roeddwn i wedi meddwl amdano oedd agor y Lluest Ucha fel lle gwely a brecwast. Gwendid amlwg y syniad yma oedd yr annhebygolrwydd y byddai rhywun oedd yn chwilio am le i aros dros nos yng Nghwmhwsmon yn ei lusgo'i hun yr holl ffordd lan i'r Lluest Ucha pan fod llefydd eraill i gael yn y pentre'i hun, heb sôn am doreth o ddewis ar lan y môr yn Aberdyddgu. Ond gallwn gynnig gwely a brecwast gan ei hysbysebu fel lle anghyffredin, tawel a moethus, cartref oddi cartref. A phe cawn i ond dau neu dri y flwyddyn byddai hynny yn ddigon. Nid cychwyn busnes a gwneud elw oedd fy nghymhelliad eithr cael rhywbeth i'w wneud a chwmni a chyfle bob yn awr ac yn y man i ddangos y Lluest Ucha i bobl eraill.

Ond darllen y Mabinogi oedd y peth cyntaf ar fy rhestr a dyna'r peth roeddwn i'n ei wneud y diwrnod hwnnw, ychydig ddyddiau cyn y Nadolig. Yn y llyfrgell oeddwn i yn darllen wrth y ddesg. Wiw i mi eistedd mewn cadair na gorwedd ar y soffa neu byddwn i'n mynd i bendwmpian yn syth heb ddim ond amgyffred llinell neu ddwy ar y mwya. Roedd hi'n bwysig fy mod i'n canolbwyntio ac yn mynd i'r afael â'r hyn roeddwn i'n ei ddarllen. Roedd y cyfan yn newydd ac yn ddieithr i mi ond yn gyffrous hefyd. Teimlwn fel petawn i'n agor drws mawr i ogof yn llawn trysorau. Roedd yr holl enwau a llawer o'r geiriau yn brofiad gwefreiddiol anghyfarwydd. Teimlwn fy mod yn ymweld â gwlad estronol ar y naill law, a oedd eto yn gyfarwydd ar y llall. Wedi'r cyfan fy iaith i oedd hon a'n llên ni. Teimlwn fy hun yn llithro yn ôl mewn amser ac eto yn ddyfnach i rywbeth oedd yn rhan o'm cynhysgaeth yn barod, rhan o'm cyfansoddiad i.

Dechreuais gyda Pwyll Pendefig Dyfed, yn naturiol, y chwedl gyntaf yn y llyfr.

Treuliodd y flwyddyn drwy hela a cherddi a chyfeddach ac ymddygiad caruaidd ac ymddiddan â chymdeithion hyd y nos...

Cefais fy nghyfareddu gan yr iaith a darllen y geiriau hyn oeddwn i pan aeth yr ystafell yn sydyn yn ddychrynllyd o oer. Codais i deimlo'r gwresogydd. Roedd e'n dal yn dwym iawn. Serch hynny roedd y stafell fel rhewgell, bron. Trois i'r gwres lan i'w uchafbwynt ac edrychais ar y ffenestri i wneud yn siŵr nad oedd un wedi agor ond roedd y ddwy ohonyn nhw wedi'u cau yn dynn. Roeddwn i'n mynd i ôl siwmper arall o'r stafell wely pan deimlais gwthwm o wynt oer yn fy mhasio wrth y drws. Yna, fe glywais lais gŵr ifanc yn canu yn uchel. Sefais yn yr unfan. Roedd tarddiad y canu yn ddirgelwch. Deuai'r sŵn o'r stafell lle roeddwn i, ac eto i gyd doedd neb yno ond y fi. Parhaodd y canu am ryw hanner munud ac roedd yn gerddoriaeth hynod o bersain ond yn bruddglwyfus. Ond y peth rhyfeddaf oedd yr ymateb a achoswyd ganddi ynof fi. Llafar-gân dorcalonnus o swynol oedd hi a chefais fy nal ganddi yn y fan a'r lle. Ar yr un pryd dyna'r profiad mwyaf arswydus i mi'i gael yn fy mywyd hyd at y pwynt hwnnw. Allwn i ddim symud tra parhaodd y sŵn er y byddwn i wedi licio rhedeg am fy mywyd. Dirgelwch arall oedd iaith y gân. Yn bendant nid Cymraeg na Saesneg mohoni, ac er fy mod i wedi teithio'r byd ac wedi clywed amryw ieithoedd nid oedd hon yn debyg i unrhyw iaith y gallwn i ei hadnabod. A phan beidiodd y gân yn sydyn daeth y gwres yn ôl i'r stafell eto a gallwn innau symud unwaith yn rhagor.

Ac yn wir, rhedais o'r tŷ gan neidio i'r car a gyrru i gyfeiriad Aberdyddgu. Mewn gair roeddwn i wedi fy nychryn. Fy unig ddymuniad oedd i fod mor bell ag y gallwn fod oddi wrth y tŷ 'na.

Ond yn y dre doeddwn i ddim eisiau crwydro'r siopau â thorfeydd o bobl yn gwylltio am y Nadolig, felly doedd dim amcan 'da fi beth i'w wneud. Calliais. Dywedais y drefn wrtho i fy hun, fel petai. Doedd dim byd ofnadw wedi digwydd. Clywais sŵn canu, 'na gyd. Doeddwn i ddim wedi cael anaf. Doedd neb wedi ymosod arna i. Roeddwn i'n holliach ac roedd popeth yn iawn o hyd. Roedd hi'n hen bryd i mi ymwroli. Trois y car rownd ac anelu am y Lluest Ucha eto, wedi gwastraffu pwy a ŵyr faint o betrol costus.

Peth arall oedd hi i ddod mas o'r car, wedi cyrraedd, a mynd i mewn i'r tŷ eto. Sefais wrth y drws am funud neu ddwy gan erfyn am ysbrydoliaeth a gwroldeb i'w agor. Yn y diwedd fe lwyddais. Roedd y tŷ yn dawel. Rhaid i mi gyfaddef, cyn y gallwn setlo, bu'n rhaid i mi fynd drwy bob stafell i wneud yn hollol siŵr nad oedd neb na dim yno. Roedd hyn yn dechrau mynd yn hen rwtîn; clywed rhyw sŵn anesboniadwy, wedyn chwilio'r tŷ o stafell i stafell a chael dim. A dyna beth ddigwyddodd y tro hwn eto. Dim. Roedd yr holl le yn wag.

Ond beth oedd achos y canu? Crefais fy mhen am ateb rhesymegol. Ond allwn i ddim meddwl am un. Er hynny, ac er i mi gael braw wrth glywed y canu anghorfforol yn fy ymyl roedd y cof am y canu hwnnw yn dal i chwarae yn fy mhen. Er na allwn ddeall yr un gair, roedd y llais a'r dôn yn fy nghlustiau o hyd – nid fel rhyw jingl na allwch chi gael gwared ag ef, eithr ei pherseinedd a'i chyfaredd alarus. Dros y dyddiau nesaf arhosodd sŵn y canu gyda fi. Ond ni ddigwyddodd dim byd anarferol tan y Nadolig.

"Co, Merfyn, dim ond saith milltir arall i Aberdyddgu,' meddwn i yn uchel er mwyn deffro'r gyrrwr eto, yn bennaf, ond hefyd oherwydd fy mod i'n teimlo mor falch fod y daith ofnadw hon yn y tacsi yn agos at ddod i ben. Roedd fy llawenydd yn drech na mi, bron. Eto i gyd wrth inni gyrraedd y dre roeddwn i'n rhagweld y byddai Merfyn a finnau'n gorfod gwahanu ac roeddwn i'n awyddus i glywed diwedd ei stori.

'Ar ôl inni gyrraedd Aberdyddgu bydd rhaid i mi ffeindio fy ffordd i Gwmhwsmon eto,' a daeth cysgod dros ei wyneb a chryndod i'w lais pan ychwanegodd, 'ac wedyn ymlaen i'r Lluest Ucha.'

'Fallai bydd y gŵr hwn yn fodlon mynd â ti,' awgrymais.

'Dim ffiars o beryg!' ebychodd Merfyn, 'Dwi'n mynd i chwilio am dacsi arall.'

Lwcus nad oedd y gyrrwr yn Gymro. Ond lliniarodd dirmyg a gwawd Merfyn yr awyrgylch ac ailgydiodd yn ei stori â pheth asbri newydd.

Dros y dyddiau nesaf, hyd noswyl Nadolig, treuliais y nosweithiau yn y Brenin a'r dyddiau yn llymeitian. Dihunwn yn ddiweddar yn y bore a chymerwn sieri bach neu ddau. Gwin gyda'r cinio, wrth gwrs, ambell i *martini* yn y prynhawn, *gin* a *tonic* cyn anelu am y dafarn. Felly, os oedd yna sŵn llefain yn dod o stafell wag, os oedd peli gwydr yn mynd o un lle ac yn ymddangos mewn lle arall, os oedd sŵn traed ar y staer yn y nos, os oedd rhywbeth i'w weld yn symud o gil y llygad, o dro i dro, cipolwg ar rywbeth yn brysio heibio, wel yna doeddwn i ddim yn poeni amdanyn nhw. Cau fy llygaid a'm clustiau i'r pethau hyn oeddwn i. Byw dan ryw fath o anasthetig oeddwn.

Ac yna daeth noswyl Nadolig ac ar ôl noson eithaf trwm yng nghwmni Claude a Jilly a Bob ac eraill fe lusgais fy hunan 'nôl i'r Lluest ac i'r gwely. Cysgais yn drwm ond yn rhwyfus ac yn anghyfforddus, fel mae rhywun yn ei wneud yn ei fedd-dod.

Dihunais gefn trymedd nos ond doedd hi ddim yn dywyll wath roeddwn i wedi gadael pob golau ymlaen wrth ddod i'r tŷ a dringo'r grisiau. Ond clywais y llais yna yn canu'r gân swynol ddolurus eto. Teimlwn gryndod y llais dwfn drwy'r gwely. Ond, mae 'da fi gywilydd cyfaddef, roeddwn i'n rhy feddw i gael fy nychryn y tro hwn. Roedd ffynhonnell y llais yn eitha agos ataf, er na allwn i weld dim. Serch hynny, cysgais eto.

Dihunais gyda phen mawr ofnadw a'r bore bron wedi dirwyn i ben yn barod. I frecwast ces i goffi du gyda sloch hael o Drambuie ynddo. Cawswn nifer o anrhegion drwy'r post ac agorais y rheina yn y gegin wrth i mi ddod ataf fy hun, fel petai. Sanau, yn anochel, gan Katie. Tei gan Nici. Siocledi gan Harri, chwarae teg iddo, rhai tywyll 70% coco – roedd e'n gwbod yn iawn doedd 'da fi gynnig i siocledi tywyll, ych-a-fi. Potel o wisgi gan Jonty. Dim byd gan Dendy. Ond a bod yn onest roeddwn i'n dal i fod yn rhy feddw ac yn rhy gysglyd i gymryd fawr o sylw o'r trugareddau truenus hyn. A rhaid fy mod i wedi dechrau pendwmpian eto. Pa mor hir y cysgais dwi ddim yn gwybod ond ces i fy neffro gan y llais yn canu eto. Wrth ei glywed y tro hwn aeth ias oer fel trywaniad trwy fy nghorff a dadebrais yn syth. Byddai rhai'n dweud fy mod i dan ddylanwad yr alcohol ond roedd yr hyn a ddigwyddodd nesaf mor fyw a chlir i mi ag yr wyt ti nawr. Doedd y llais y tro hwn ddim yn yr un stafell â mi, eithr gerllaw ac yn dod yn nes. Ac er mor dorcalonnus o hyfryd a hudol oedd y gân synhwyrwn fod yna dinc o falais yn y llais. Deuai'r sŵn yn nes ac yn nes, fesul cam fel petai, a gwyddwn fod y canwr yn dod amdana i, a'i fod yn ddig tuag ata i.

Heb feddwl, cipiais nifer o bethau angenrheidiol, waled, cot, esgidiau a rhedais am y drws cefn a'i gloi ar f'ôl. I mewn i'r car a bant â mi gan anghofio'n llwyr bod fy nghorff yn dal dan effeithiau'r holl alcohol a gawswn y noson cynt. Ond gyrrais i ffwrdd â 'ngwynt yn fy nwrn. Allwn i ddim aros yn y tŷ eiliad arall. Roedd rhywbeth – sawl peth – ofnadw yno a theimlwn yn sicr, y diwrnod hwnnw, fod rhywbeth ffiaidd, erchyll, yn dod am fy ngwaed i yn benodol.

Wel, es i ddim yn bell, dair milltir o Aberdyddgu, cyn mynd i wrthdrawiad â phostyn telegraff. Mae'n rhyfeddod i mi ddod mas o'r car yn ddianaf. O fewn amrantiad, dydd Nadolig neu beidio, roedd yr heddlu yno ac afraid dweud wnes i ddim pasio'r prawf anadl. Er i mi droi 'nghefn ar 'y nghartref a dinistrio 'nghar ar fy ffordd i nunlle penodol ni fu'n rhaid i mi chwilio am lety'r noson honno am resymau amlwg.

Es i'n ôl i Lundain at Harri. Rydyn ni wedi cymodi eto. Mae e wedi maddau i mi am ei adael am y Lluest Ucha, a dwi wedi maddau iddo fe am y siocledi tywyll.

Nawr ti'n gwbod pam dwi'n mynd yn ôl i Gwmhwsmon ar y trên. Collais fy nhrwydded yrru am ddeunaw mis. Ond dwi ddim yn mynd i roi troed yn y Lluest Ucha y tro hwn na byth eto. A wnes i byth ddatgladdu beth bynnag oedd ym mhridd y seler. Ac efallai bod hynny yn beth da, am wn i. Mynd ydw i i oruchwylio'r ocsiwn sy'n gwerthu popeth oedd yn y tŷ yn ogystal â'r tŷ ei hun. Os cawn ni adennill ein costau am adnewyddu a dodrefnu'r lle bydda i a Harri'n ddigon bodlon. Efallai gwnawn ni golled. Bid a fo am hynny. Etifeddu tŷ mawr am ddim wnes i, ond nawr, gwynt teg ar ei ôl ddywedwn i. A! Dyma ni.

A dyna, yn wir, lle roedden ni, o'r diwedd, yn Sgwâr Aberdyddgu. Ar ôl inni ffarwelio'n ddiolchgar â'n tacsi a'i yrrwr cysglyd aeth Merfyn i chwilio am dacsi arall.

'Mae un yn siŵr o ddod cyn bo hir,' meddwn i, 'mi wna i gadw cwmni â ti nes i ti gael un.'

'Na, paid â phoeni, cer di.' Ond roedd golwg drist ar ei wyneb, a gallwn weld nad oedd e ddim yn moyn cael ei adael ar ei ben ei hun. Roedd hi'n oer ac yn bwrw glaw eto a 'nghartre gerllaw yn fy ngwahodd gyda'i wres a'r ddelwedd o dwba twym a chlydwch fy ngwely wedyn. Serch hynny, allwn i ddim gadael Merfyn eto. Roedd rhan ohonof yn gobeithio na ddeuai'r tacsi am dipyn.

'Dwi ddim yn edrych ymlaen at fynd yn ôl i Gwmhwsmon eto,' meddai yn swta. 'Fydda i ddim yn mynd yn agos at y Lluest Ucha.'

'Ble fyddi di'n sefyll?'

'Gyda Claude a Jilly.'

'Pryd mae'r ocsiwn?'

'Yfory. Ac wedyn, syth yn ôl i Lundain â mi.' Oedodd cyn ychwanegu, 'Nid bod seintwar i gael yn y ddinas honno, nac yn unman arall o ran hynny.'

'Beth wyt ti'n feddwl?'

'Teimlaf fod rhywun neu rywbeth yn 'y nilyn i bob man.' Chwarddodd yn anghyfforddus, 'Twp, ontefe?'

Chwarddais innau i ddangos cytundeb. Fy chwerthin i yn adlewyrchu'i chwerthin bach nerfus yntau. Chwerthin er mwyn cuddio ofn.

Doedd dim sôn am dacsi, ond roeddwn i'n flinedig. Bu'r daith yn un hir anghyffredin.

''Co, Merfyn,' meddwn i yn ymddiheuriol, 'mae'n flin 'da fi d'adael fel hyn ond dwi'n cysgu ar 'y nhraed, bron. Mae tacsi'n siŵr o ddod, whap.'

'Ie, cer di, 'chan, dwi'n deall yn iawn.'

Ac ar ôl tipyn o gymhwedd ynghylch cwrdd eto, a pha mor braf oedd hi i weld ein gilydd a chael cwmni'n gilydd ac yn y blaen, tipyn o guro cefn ac ysgwyd llaw, fe lwyddais i ymddihatru ag ef a cherdded i ffwrdd tua thre.

Es i ddim yn bell cyn bod rhaid i mi droi i gael un gipolwg olaf ar fy hen ffrind. Roeddwn i'n falch i weld bod tacsi yn dod tuag ato yn barod ac yntau'n codi'i law arno. Ond wrth ei ochr, ac ychydig y tu ôl iddo, safai ffigur anferth o dal a thywyll.

Mihangel Morgan

60

'Rwyf yn darllen Mihangel Morgan
er mwyn cofio beth yw byw.'

SIONED PUW ROWLANDS

y Lolfa

£7.99

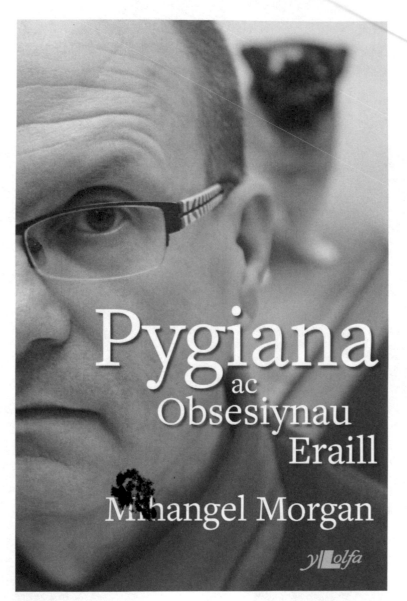

Pygiana
ac
Obsesiynau
Eraill

Mihangel Morgan

y Lolfa

£7.95

Kate Roberts a'r Ystlum

a'r Ystlum

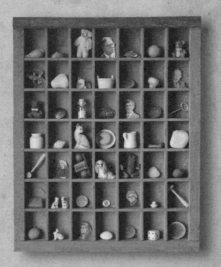

a dirgelion eraill

Mihangel Morgan

y Lolfa

£7.95

£8.95

Am restr gyflawn o lyfrau'r Lolfa, mynnwch
gopi am ddim o'n catalog
neu hwyliwch i mewn i'n gwefan

www.ylolfa.com

lle gallwch archebu llyfrau ar-lein.

TALYBONT CEREDIGION CYMRU SY24 5HE
ebost ylolfa@ylolfa.com
gwefan www.ylolfa.com
ffôn 01970 832 304
ffacs 832 782

Holwch am bris argraffu!
01970 832 304